Anacoluto

DO PRINCÍPIO AO FIM

Outras obras do autor

Brasil por linhas tortas (crônicas de viagem)
Porto Alegre, Editora Sulina, 1970 (duas edições)

Informação ou... morte (ensaio sobre jornalismo)
Porto Alegre, Editora Sulina, 1972

Andanças e contradanças (coletânea de crônicas)
Porto Alegre, Edições Signo, 1974

A noite do quebra-quebra (novela)
Porto Alegre, Editora Mercado Aberto, 1993

Um século de poder – Os bastidores da Caldas Júnior (história de uma empresa jornalística)
Porto Alegre, Editora Mercado Aberto, 1994 (duas edições)

Olha a Folha – Amor, traição e morte de um jornal (ensaio jornalístico)
Porto Alegre, Editora Sulina, 1996

Nau capitânia – Pedro Álvares Cabral: como e com quem começamos (biografia)
Rio de Janeiro, Editora Record, 1999

Walter Galvani

Anacoluto

DO PRINCÍPIO AO FIM

EDITORA RECORD
RIO DE JANEIRO • SÃO PAULO
2003

CIP-Brasil. Catalogação-na-fonte
Sindicato Nacional dos Editores de Livros, RJ.

Galvani, Walter, 1934-
G17a Anacoluto do princípio ao fim / Walter Galvani. – Rio de Janeiro: Record, 2003.

ISBN 85-01-06709-1

1. Romance brasileiro. I. Título.

CDD – 869.93
03-0995 CDU – 821.134(81)-3

Capa: eg design/Evelyn Grumach

DISTRIBUIDORA RECORD DE SERVIÇOS DE IMPRENSA S.A.
Rua Argentina 171 – Rio de Janeiro, RJ – 20921-380 – Tel.: 2585-2000

Impresso no Brasil

ISBN 85-01-06709-1

PEDIDOS PELO REEMBOLSO POSTAL
Caixa Postal 23.052
Rio de Janeiro, RJ – 20922-970

A Carla I. Irigaray, meu farol em meio às brumas,
nessa e em todas as navegações.

Com meu reconhecimento a Moacyr Scliar, que me inspirou,
com sua preocupação com os "nomes que condicionam
destinos" e aos drs. Nélio Tombini e Sérgio Haussen,
pelo pronto-socorro psicológico e científico.

Pequenos barcos

Esta é uma história que fala da nossa pequenez,
da nossa fragilidade diante do destino.
Condicionados pelo nascimento, até pelo nome de batismo
às vezes, escravos das nossas circunstâncias, somos,
como diria Scott Fitzgerald, "pequenos barcos
jogados contra a corrente".
E nem os "grandes" escapam à fria determinação do
que está escrito no seu genoma, ou... nas estrelas.

I

As circunstâncias de haver nascido em Colônia do Sacramento, que hoje é Uruguai, considerar-me brasileiro por entender que aquilo era outrora uma possessão portuguesa, meu pai ter-me posto o nome de Anacoluto, no entanto aceito pelo oficial do Registro Civil, me tornavam um ser estranho e, logo se verá, de difícil adaptação por causa destes anacronismos. Ora, já se disse que o homem é ele e justamente suas circunstâncias, mas para mim tudo aquilo era muito penoso. Por que meu nome de batismo não fora simplesmente Paulo, Charles, Washington, alguma trivial influência latina, francesa ou americana? Penso que meu pobre pai, a quem as palavras seduziam, ao lembrar-se do meu conterrâneo Hipólito José da Costa, criador no século XIX do primeiro jornal brasileiro, o *Correio Braziliense*, pelo que sei nunca editado no Brasil, quisera talvez me sinalizar com um destino semelhante, no brilho e em assinaladas virtudes. E, convenhamos, Hipólito e Anacoluto de certa maneira se assemelham ou se aparentam... Não me tornei nenhum barão, distante da Ocidental Praia Lusitana, aventurado em mares nunca dantes navegados, tampouco um prodigioso filho da selva ou das planícies sul-americanas que fizesse a viagem de regresso ao seio dos genomas paternos, descobridores, invasores ou seja lá o que fosse, ocupantes de um meio inóspito, conquistado para a Europa, auto-umbigo do mundo.

Além do mais e eis por que lembro Hipólito: também ele nascido em Colônia e igualmente educado em Pelotas. Mas aí cessam as nossas semelhanças. Ele foi para Portugal, diplomou-se em Coimbra, tornou-se advogado, jornalista e maçom. Eu, nada disso. Nem advogado, nem jornalista, muito menos maçom. Agradou-me muito, desde sempre, não ser nada na vida e gastar meu precioso tempo apenas comigo mesmo... Monge? Que bela carreira! Faltava-me, contudo, poder de concentração e, digamos, sinceridade. Muitas e muitas vezes refleti sobre o que poderia ter feito, o que sonhara, e no entanto como foi e tem sido tudo, e agradeço não me haver tornado político, como me acenaram a certa altura, ou profissional em qualquer ramo de atividade. Teria sido um fracasso.

Percebi com o tempo o quanto meu pai se enganara. Talvez se me tivesse batizado Anacoreta, então sim decretar-me-ia um futuro distante das vaidades do convívio social, relegado à solidão. Mas lá estava em meu documento de identidade, irremediável tanto quanto eu podia imaginar ao cabo de tantos anos, com a personalidade mais do que definida, laços estabelecidos e bastante conhecido em muitas rodas que iam da minha terra natal ao Rio Grande, passando por Montevidéu e Buenos Aires. Tanto que amigos argentinos brincavam: "Anacoluto? Anacoreta? Por que não Inodoro?"

Criei o hábito de ir a qualquer dicionário com que deparasse pela vida afora verificar se a definição era de fato a única aceitável, se não ocorrera alguma divergência de um filólogo, se não havia enfim como escapar, se Anacoluto era mesmo, de fato, uma "figura de construção gramatical que consiste na ruptura da ordem lógica da frase, de tal forma que um termo ou oração fique sem enlace sintático com os demais". Resultante desta definição fria e radical me sentia e continuo me sentindo ao longo da vida, rompido com a lógica e estatelado no chão pela gramática inexorável.

Na primeira vez em que vi Teresa imaginei que ela iria estourar de tanto rir. Ouvira meu nome e não acreditara. No curso elementar, lembro, nem poderia esquecer e não esquecerei nunca, fui utilizado como exemplo, não poucas vezes. O professor queria falar sobre o sentido oculto de uma figura de estilo que ninguém, nenhum daqueles garotos, conhecia ou sequer ouvira falar. Também não saberiam identificar. O primeiro aluno da aula, o que recebia "medalha de ouro" por suas notas em português, arranhava o significado, mas não conseguia explicar direito. Em compensação, todos sabiam usar meu nome como gozação. Mais crescido, parti para o soco diante do deboche e não são poucas as marcas que ficaram em meu rosto e mãos, assinalando bem o desastre etimológico cometido pelo meu idolatrado e odiado pai. Ora, Anacoluto! Ah, quantas vezes pensei em deserdá-lo às avessas ou corrigi-lo publicamente, buscar retificação na Justiça ou exigir sua retratação pública, se pudesse! Exagero. Claro que me faltaria coragem para acionar meu próprio pai.

Visto hoje, pode parecer uma ridícula vaidade, mas quem de mim duvida deveria estar dentro da minha pele, para escutar os dichotes, as exclamações de espanto e admiração ou os questionamentos.

Pacientemente fui explicando ao longo da vida que não era engano, mas que meu pai o fizera por convicção. Aos poucos montei teorias que utilizava numa ou noutra oportunidade, de acordo com minha paciência e o grau de intimidade, para impedir invasões da minha privacidade, tentativas de ridicularização, menosprezo ou divagações sobre a coerência e a sanidade das idéias do meu, hoje em dia, fantasma paterno.

Desafiei-o depois de morto, com a coragem que me faltara enquanto ele vivera, quis que ele provasse as razões que o haviam levado a uma decisão que agora me obrigava a explicar, a cada operação na vida prática, abrir conta bancária, apresentar-me numa repartição dos correios, atender um chamado público, que não era brincadeira, pois me chamava assim mesmo, Anacoluto, e isto era uma figura da língua portuguesa, também da espanhola e talvez de outras que eu desconhecia.

Descobri, aliás, que nos dois lados do Prata, vizinhos pelo meu nascimento e pela minha infância, também se usava este termo. Com meus antepassados e minha nacionalidade podia apresentar-me nas grandes metrópoles próximas, atravessando o rio, Buenos Aires, ou andando rio abaixo, Montevidéu, ou ao optar pela nacionalidade brasileira com a vinda para Pelotas, ou seja, falando castelhano ou trotando no português de vogais escancaradas da minha família, não tinha como fugir aos efeitos sonoros e por vezes ridículos daquele nome infamante que me marcaria do berço até, quem sabe, o túmulo. Imaginei meu próprio epitáfio: "Morro Anacoluto. De repente, não fui, mas serei mesmo depois da morte." Ainda bem que meu pai se deteve na letra A. Tivesse ido adiante e, posso imaginar, como lhe teria soado bem Epitáfio mesmo ou Epítome ou sei lá mais o quê.

E assim cresci, se é que se pode dizer isso de quem chegaria a pouco mais de metro e meio. Bem, este foi outro dos meus complexos. Ora, além de tudo isto! Faltou-me talvez algum cálcio ou atividade atlética. No futebol não passei de um medíocre ponteiro esquerdo que precisava correr até à linha de fundo e de lá chutar elevando a bola para que os espertos e na certa futuramente bem pagos dianteiros fizessem os gols. Dos quais levariam a glória exclusiva. E assim tenho procedido durante toda a vida. Sem coragem para assumir os ditos e os feitos, criava as mais belas frases, os melhores pensamentos e colocava-os na boca dos outros, apontava nomes que garantiam a respeitabilidade de minhas citações, escolhia intocáveis e garantia o aplauso e a proteção contra qualquer dúvida ou contestação. Platão, Aristóteles, John Kennedy, alguns papas, poetas mais ou menos famosos, outros inventados por mim na hora, junto com seus versos e frases. Tudo isso ajudava a promover minha imagem, na falta de outra qualidade visível ou que pelo menos carreasse alguma reputação de inteligência.

— Puxa, Anacoluto, nem parece você, hein!

Quanto ódio à Humanidade se acumulava em meu pequeno coração! Prometia a mim mesmo e jurava aos outros sem que me ouvissem, pois a tanto não me atreveria — mas com que rancor —, que ainda haveriam de escutar muito a meu respeito, dos meus atos e da minha capacidade.

Um romance daqueles de cavalaria da Idade Média seria pouco para narrar meus feitos, a nobreza dos meus gestos, o significado dos meus êxitos, minha gentil condescendência com os pobres mortais que tiveram a sorte de conviver comigo e nem sequer conheciam a extensão das minhas artes. Enquanto crescia acompanhei o desenvolvimento explosivo dos meios de comunicação eletrônicos e fiquei sabendo, e muito bem, o que significava sentar-se diante de um aparelho de TV e não ficar sabendo nada do mundo... Alienar-se, mergulhado em histórias de água com açúcar e terror. Imaginar todos aqueles homens e mulheres parvos e nus, tinham o poder nas mãos, um mundo em que sagrado e profano eram marcas de perfumes e que elevado Q.I. queria dizer Queijo da Inconfidência ou Quartel de Infantaria. Coisas ridículas me ocupavam e de certa forma me divertiam. Melhor dito, me enraiveciam.

Só eu sabia do que seria capaz. E aos poucos, em minha pouco modesta opinião, fui realizando o que me propusera. Ou seja: nada. De qualquer maneira precisava dar uma resposta precisa ao meu pai, que repousava em sua tranqüila tumba, soterrado por vários metros de areia, dois sacos de cimento e uma poderosa laje removível, mas pesada o suficiente para garantir contra maus cheiros ou possíveis emersões ou aparições. E também responder aos meus contemporâneos que de mim duvidavam e que nem podiam supor o quanto de ódio acumulava nos escaninhos do meu ser pequeno e magro, quase esquelético. Desta estrutura física fui abjurando, consumindo bem mais calorias do que gastava, tornando-me largo e roliço. Uma certa respeitabilidade que me trouxe a idade, acrescentando pelo menos um "seu" ao meu nome próprio, ou melhor, impróprio, por conta da sua definição miseravelmente gramatical. Era portanto o "seu" Anacoluto. Camargo Neves, naturalmente, para o que haviam contribuído, com os seus costados, minha discreta mãe Camargo e meu inolvidável pai, o coronel Neves. E assim fui me tornando conhecido nas duas *"orillas del Plata"*, mais tarde pelos caminhos da antiga província de São Pedro do Rio Grande, que se tornara uma parte do projeto imperial do Brasil no século XIX, transtornado (melhor do que transformado) em república pelos brasileiros. Sim, éramos todos *"hermanos"* e, como bons irmãos, odiávamo-nos. Uns mais, outros menos e não apenas na hora das rivalidades esportivas, mas quando o câmbio pregava das suas e os argentinos chegavam com sua admirável superioridade econômica e se dispunham a levar sempre dois produtos ao invés de um, porque seu dinheiro valia o suficiente para absorver a compra. Ou nossos fraternos uruguaios, eu próprio meio a meio, conterrâneos legítimos pois, que sempre alegavam a vitória de 1950 no Maracanã, meio século depois, quando duzentos mil chorosos brasileiros viram o 1 x 2, Obdulio Varela sacudindo seus companheiros, o gol de Gighia e a imensa tristeza, a frase *"seremos siempre mejores que ustedes"*...

Assisti, assombrado, meu tio escolher, entre duas primas, a sua mulher. Havia procurado a mais velha das duas, foi recusado num primeiro momento por Elina, talvez imaginando-se ela uma grande estrategista do amor, e no entanto sua irmã mais nova, Ilona, para surpresa da família inteira, propusera-se a ocupar imediatamente o lugar da irmã, para que ele "não saísse magoado". Escândalo, um pequeno escândalo familiar. Vinguei-me mais adiante, vibrando uma sonora palmada na bunda da minha oferecida tia, que já então noivava com seu primo rico da cidade, e com aquela pequena violência resgatei a honra ofendida da outra, que seria a minha predileta pela vida afora. O que não impediu que esta jurasse nunca mais casar-se, o que cumpriu com rigor calvinista até morrer como dedicada enfermeira de necessitados.

Na biblioteca do irmão mais moço desta virtuosa senhora e de sua irmã cadela, descobri revistas de mulheres nuas, escondidas debaixo de piedosos manuais cristãos de hagiologia, como o *Flos Sanctorum* e até um velho volume das *Confissões* de

Santo Agostinho que nunca li, mas que serviu de suporte e disfarce para meus exercícios de visualização do sexo oposto e o devotado estudo da sua anatomia. Os resultados práticos foram ótimos. Alertado por um atento e preocupado professor, descobri que a masturbação era uma sólida maneira de alcançar a plenitude na vida, sem envolver-se diretamente com as perigosas mulheres. Até criar cara e coragem para chegar-me a elas, vencer a repulsa que elas demonstravam pela minha minúscula figura e meu deplorável e original nome próprio, de tão impenetrável sentido. Dizer que tais características me serviriam mais adiante para manter acirradas disputas intelectuais com os ignorantes, àquela altura inicial da minha carreira não me compensava. Mais adiante, sim, achei que a burrice proliferava e parece que seguiam, só eles, o bíblico preceito do "crescei e multiplicai-vos!". E como!

Preferi continuar um anacoluto. Poderia ter sido até um anacoreta. O que acabaria ocorrendo, se os fatos da vida não me houvessem arrastado e contra os quais não procurei resistir. Deixei-me, antes, levar, como aliás tenho feito com maior ou menor sucesso, mas com uma indolência imbatível e uma incrível sorte. Comparo-me ao personagem de Bernard Shaw, popularizado num musical, *My Fair Lady*. O pai de Elisa Doolittle que diz que é possível "viver sem trabalhar", com "um bocadinho de sorte, só".

II

Acusam-me, os que sabem da minha vida, dos primeiros tempos e dos tempos que tenho vivido, de me haver aproveitado desta bênção dos deuses e haver chegado a esta idade — já bem ultrapassados os cinqüenta anos — sem nunca haver cumprido o decreto bíblico que acompanhou a expulsão de Adão e Eva do Paraíso. Construí meu próprio "jardim do Éden" aqui na Terra, com algumas heranças e certa habilidade financeira, a obediência à máxima fundamental do gaúcho, "seja austero, para viver basta um cavalo", a que acrescentei o providencial "a cavalo dado não se olha o dente". Enfim, passado meio século de vida, nunca precisei comer o pão com o suor do meu rosto... No máximo, consumi algum fosfato imaginando as formas mais adequadas para viver sem trabalhar. Invejava meus primos que tratavam de engordar o gado, vender a tropa ou mais adiante arrendar um campo, alugar a mansão da cidade e aproveitar então o suor do rosto alheio... E, claro, comer pouco, para não engordar demais e torrar o orçamento...

Aos poucos, década após década, tornei-me um sábio senhor. Fui convidado para ser político — me diziam: "por que não seguir o caminho de Jango ou do Brizola, que deixavam o gado engordando em São Borja ou no Uruguai enquanto rodavam por aí" — ou como faziam os velhos liberais dos tempos em que liberalismo não era palavrão, mas distinção partidária?

Quando cresci no Rio Grande, passando de moleque distraído para jovem alienado, o Sul do Brasil já estava curado das suas emblemáticas e sazonais revoluções libertadoras, já haviam passado 23, 24, 30, e, é lógico, estávamos muito distantes da Revolução Farroupilha, ou a "Guerra", do século XIX, embora continuassem discutindo se éramos separatistas ou não. Eu achava que sim. Pois não tivéramos uma secretaria de Negócios Exteriores? Não havíamos rebatizado nossa província de República Rio-Grandense? Antes que o general Neto perdesse o corpo e a alma, sabíamos todos que a velha província de São Pedro aceitaria de bom grado a anexação da Cisplatina e que se aceitavam mercenários castelhanos sim, como sempre ocorreu e continuou ocorrendo. E que a hora e o lugar de exílio político era lá, às margens do Prata. Não era eu um pouco disso tudo? O que sou, além de um miserável mercenário, nascido numa antiga colônia portuguesa, brasileira por osmose, que para cá migrei com meu pai, disposto a enriquecer e "com um bocadinho de sorte só" viver sem trabalhar?

Claro, fico mudo de espanto e emoção contemplando os campos sem fim, as coxilhas ondulando ao longe, a sanga crepitando numa tarde de sol quando chego a nela enxergar a Teiniaguá Encantada, do corpo escamado escorrendo água brilhante e o sacristão das Missões, mugindo como uma pobre vaca atolada no pântano do pecado e podridão em que se afundara.

Confesso que fui à Europa, especialmente para conhecer Salamanca, lembrando-me da Salamanca do Jarau, mas com a lembrança da ilustração da antiga *Seleta em prosa e verso*, onde apareciam os sábios com suas cabeças desaprovadoras, duvidando que Cristóvão Colombo pusesse um ovo de pé. Ele, o meu herói, com quem me imaginava a bordo das insuficientes caravelas, cruzando o oceano, ao sabor das ondas que iam e vinham e nos atiravam para o alto e nos engoliam no seu vácuo e eu corria para os aposentos do navegador para pôr de pé, outra vez, as débeis ampulhetas que se mostravam impotentes diante daquele tempo devastador que tínhamos em nossos dias, semanas, meses e anos. E até que enfim, terra à vista.

Era assim que passava as tardes na estância do Bom Retiro, debaixo de uma figueira imensa, imaginando meu futuro de ócio e aventuras. Parece que foi só de ócio, mesmo. Continuo debaixo daquela figueira, embora viva hoje no centro de uma cidade poluída como todas, barulhenta, perigosa, suja. Morro de saudades do pequeno gaúcho que acariciava os terneirinhos e tocava uma tropa de bois representada por pequenos ossos. Minha mãe me quisera médico ou militar, mas eu optara por menos trabalho e muito *status*. Pretendera ser advogado. Um "canudo" na mão seria importante. Um diploma emoldurado na parede. Estancieiro, envolvido mesmo no trabalho como meu pai, seria impossível. O certo é que nunca tendo apartado uma ponta de gado, curado uma bicheira ou feito marcação, a não ser acompanhando os primos, por puro folclore, estava longe do campo. Aonde aliás não vou desde 1954. Nem aos que me sobraram, nem aos de amigos ou parentes. Chega de pampa.

Acho que foi o suicídio do presidente Vargas. Pelo menos foi naquele ano e me marcou tanto que até julguei, depois de ouvir as transmissões do *Repórter Esso*, que deveria atender ao que me diziam de vez em quando e dedicar-me à carreira política. O que não fiz, porque logo vi que me daria muito trabalho e exigiria dedicação.

O tempo passou e quando me sugeriram — "faça como o Jango e o Getúlio, você que é fazendeiro" — achei que não era digno daquilo, nem fazendeiro mesmo era, não tinha vontade nenhuma de começar uma carreira dessas. Exigiria uma dedicação que eu não saberia dar. Mas hesitei e quase ingressei neste atalho, que daria errado.

Achava mais cômodo limitar-me a ir à agência do Banco do Brasil e verificar se os meus arrendatários haviam depositado. E sair a gastar, na medida, com prudência e medo, naturalmente.

Sim, o Rio Grande era sagrado para mim também, o pampa representava muito, eu é que não tinha a vocação para criar gado. Mas, quando o meu rendeiro perguntou se podia plantar soja, sabia que nem adiantava responder que não. Ou ele largava a criação de lado ou naufragava junto com os outros que continuavam se agrupando no Sindicato Rural e vestindo roupas de campo nas festas do CTG, tomando mate e criticando o governo.

Afinal estava eu, Anacoluto, que não podia e não queria ser chamado de coronel, rendia um cacófato, "coronelanacoluto", solto nos campos da cidade e conversando sobre banalidades, falando de futebol e mulheres com todos os meus mentecaptos companheiros. Não podia e não queria ser líder de coisa nenhuma. A febre dos vinte anos de há muito passara.

Houve, não nego, um tempo em que cheguei a pensar em tornar-me uma espécie de patrão de um pequeno grupo, incluindo meus amigos e meus parentes. Meu minipartido acabou por falta de seguidores e vocação do chefe... Havia um amigo italiano que nos desertou. Voltara para seu país, enchera-se do Terceiro Mundo, sei lá. De vez em quando mandava-me um pacote do *Corriere della Sera*, de Milão, impresso num papel brilhante e leve que me encantava. Como eu não entendia a maior parte do que ali estava escrito, usava só para impressionar o pessoal no Clube, aonde chegava sobraçando o envelopão recém-recebido nos correios e fingia, displicentemente, que ia lendo e tomando conhecimento dos fatos na Itália e no mundo.

Criancices que me tomaram pela vida afora, como o choque que tive com meu irmão, diante da maioria dos colegas e professores num jogo de futebol. Quando a bola me foi lançada, iniciei a corrida veloz rumo ao gol adversário e percebi que ele se aproximava, entendi que em frações de segundo estaríamos resolvendo diante de todos nossas diferenças de casa. Quando ele ficou quase um metro para trás, percebi que a vingança seria terrível. E foi. Com o choque voamos um para cada lado. Levantei-me primeiro, graças ao fato de ser mais jovem e mais leve. E então, fui para cima dele, com os dois pés, numa legítima tentativa de desforra, mas aliada a qualquer coisa como um propósito de assassinato. Em vão expliquei ao juiz, aos bandeirinhas, aos jogadores da equipe adversária, aos colegas, aos professores que se haviam juntado para assistir, primeiro à agressão, depois ao revide e finalmente ao pugilato que nasceu entre nós. Na verdade eu queria matá-lo por todas as preferências que desfrutara em sua condição de primogênito, depois sua covardia por atingir-me pelas costas, pelo que fez, pelo gol perdido e pelos pequenos crimes que cometeu contra mim em toda a nossa existência em comum. Jurei-o de morte naquele momento. Odiei-o e não o perdoei jamais. Se eu não fosse um nanico de metro e meio, tê-lo-ia partido em dois. Mais adiante, adoçado pela idade, até me reaproximei dele e tentei algum tipo de convivência. Mas nunca esqueci aquela tarde no pátio do colégio. Perdoei-o, sem desculpá-lo. Nem pelos abusos com que quis me atingir, nem pelo pênalti, que aliás não foi marcado. O juiz não se justificou. A peleja pessoal acabou com a partida.

III

Hoje sei o que sou e o que nunca teria sido. O que aliás pretendi algum dia e não consegui. E as origens de todos os ódios que carrego no cérebro e expresso neste ricto que contrai a parte inferior da minha boca. Por vezes contemplo-me no espelho e identifico o desprezo que destino aos que me afrontaram.

Quando entro numa igreja, levado pela curiosidade turística ou pelo enfado de alguma tarde sem ter o que fazer, percebo, aos poucos envolvido pela atmosfera que sempre me parece medieval de um templo, que remete para o íntimo, que ainda terei de ajustar contas comigo mesmo, qualquer dia.

Tudo isso e minha aparente superioridade fizeram de mim uma espécie de inspiração para alguns amigos e possíveis seguidores. Não, nunca pensei em fundar nenhuma religião, igreja, seita, algo do gênero. Durante a segunda metade do século XX, muitas coisas entraram e saíram de moda e continuarão entrando neste XXI. E saindo. Uma delas, com muita popularidade, é aproveitar o sincretismo religioso e as limitações das pessoas, apresentar-se como sacerdote de novos tempos. Rendosa atividade. Para alguns, não para mim. Faltou-me sempre algum cinismo que nem hoje possuo. Passados todos esses anos, aprendi a ser hipócrita mas não tanto. Narro um episódio que sucedeu a este pobre Anacoluto: caminhava pela beira da praia, quando fui cercado por uma dezena de jovens que me olhavam extasiados. Passei a mão nos cabelos, ajeitei as roupas, estaria sujo, com algo rasgado, quem sabe? Nada. Eu estava sendo visto como uma espécie de guru, por motivos que ainda não percebia. Sentei-me na areia, por cansaço, meu gesto aumentou o interesse deles, que me acharam despojado, um simples. Na verdade, expliquei-lhes, eu era apenas um detestável latifundiário, explorador da terra sem nunca sequer tê-la acariciado, mas um aproveitador, sem dúvida, que gozava de suas benesses, que desfrutava naquele momento uma vantajosa situação de proprietário e que não possuía ideologia nem convicções políticas.

Sei lá por que, acharam-me ainda mais atraente, talvez por minha franqueza, e vieram com suas esperanças, queriam que eu os representasse. Disseram-me que me seguiam à distância, conheciam minhas idéias e sobretudo meu nome, que seria uma bandeira.

Tive um estremecimento e, se não estava convencido, em seguida estaria. Ora, Anacoluto seria então a bandeira destes jovens que tinham menos que a metade da minha idade? Neguei-me. "Que idéias são estas que tanto lhes interessa?" Não recebi resposta. Disseram que eu estava sendo modesto, tímido.

Na hora não refleti. Do alto da minha espantosa vaidade, só depois me dei conta de que estava sendo alvo de chacota, divertimento dos jovens.

Mesmo assim, à noite, sentei-me à minha mesa e escrevi uma Síntese de Atividade Política.

Releio hoje e vejo o quanto fui ridículo. Cuidadosamente eu lançara uma grande frase: Liberdade, Igualdade, Fraternidade. Seria a base do meu edifício político. Onde foi que li isto? Corrigi: "Liberdade, Igualdade, Humanidade!"

Também li isto em algum lugar... Rasguem-se os papéis, não as idéias. Recomeço, absorto, convencido efetivamente de estar a instituir uma grande proposta para o novo milênio.

Quando à noite fui assaltado, tive que explicar ao meliante que carregava apenas papéis e nem uma só nota de valor. Como castigo me fez engolir minhas teorias, enfiando-as para o fundo da minha garganta com o cano do seu revólver. Para minha sorte não atirou.

Narrei o acontecido e me disseram que em matéria de estatística minha posição, assaltado só duas vezes em quarenta e poucos anos, era ridícula. Nem sequer eu figuraria num levantamento, numa pesquisa sobre a população brasileira. Como não fora ferido e mal conseguira expelir as tais teorias através do funcionamento dos intestinos, retomei minha tarefa, pensando em quanto se poderia perder se eu desistisse por tão pouco.

É preciso dar oportunidades iguais a todos os seres humanos, foi a minha nova e fundamental assertiva, imaginando que ninguém ainda a teria formulado. Pelo menos eu não lera, nem ouvira em nenhum programa partidário. Isto sim honraria meu nome, não digo por ser Anacoluto, mas qualquer orador construiria uma catedral sobre uma afirmação assim tão prometedora. Como dar oportunidade a todos os seres humanos? Iguais para todos ou proporcionais à sua capacidade? Como corrigir os desvios, exageros e as disparidades que logo se restabeleceriam?

Claro, peço que não me considerem ignorante ou mal informado. Sei muito bem que o lema que coloquei no papel provinha da Revolução Francesa, e que a modificação proposta, substituindo Fraternidade por Humanidade, fora idéia dos revolucionários da república Rio-Grandense na metade do século XIX. Tampouco pense-se que a idéia de "oportunidades iguais para todos os seres humanos" soava como novidade. Eu sabia que era um truísmo vulgar. Mas qual tinha sido o partido político ou governo que propusera tal revolução?

Já me achava um líder. Ainda mais depois da cerimônia daquele casamento. Com tudo isso eu me julgava correspondendo efetivamente a toda a confiança que em mim pudessem depositar, mesmo levando em conta minha inconfundível posição de proprietário de terras, imóveis e, desde a festa, muitos anéis... Quero dizer, três, vistosos e caros. Aliás, um velho provérbio português dizia que "vão-se os anéis, ficam os dedos". Eu, no entanto, valorizava-os tanto, desde o casamento da filha do sr. Pigafé, quem diria, o futuro surpreendente! Como padrinho eu fora contemplado e usava permanentemente, no pai-de-todos, no anular e no minguinho, na mão esquerda, os tais anéis de prata e ouro. Fora uma cerimônia tão singular e significativa que para mim é como se a tivesse sonhado.

A filha do sr. Pigafé tinha menos de dezenove anos, se tanto. Na época já não era mais moda casar-se com o que se dizia "tão pouca idade, tanto que ainda teria pela frente". Mas casou-se. A festa aconteceu no jardim da residência dos Pigafé, um gramado que se estendia e culminava numa curva ascendente, onde instalaram o tablado para o juiz de paz, os padrinhos, o livro de registros e os noivos, naturalmente.

Noivo e noiva vestidos de branco, ela com um ramalhete de multicoloridas flores do campo, ele, mais austero, mas irradiando alegria por saber que, além da bonita noiva, empalmava a partir daquele dia várias léguas de campo, que lhe permitiriam, bem aproveitadas, dormir com tranqüilidade e acordar sem pressa, quando o sol já estaria alto... Poderia sempre ficar até quanto quisesse na cama.

Foi então que o sr. Pigafé se deu ao luxo máximo que até hoje arranca comentários despeitados dos adversários políticos, dos invejosos e das comadres da região: fez distribuir entre os padrinhos do casal — e eu, felizmente, era um deles — e alguns amigos mais chegados, cuja seleção não sei como foi feita, anéis de prata e ouro que lembrariam a festa, junto com as alianças, também de ouro e também por ele oferecidas.

Durante a cerimônia correram o sapatinho da noiva para recolher presentes em dinheiro, uma tradição de imigrantes, mas com significado apenas simbólico para o jovem casal: fariam o primeiro rancho com aquelas cédulas, algumas novas, outras amassadas, todas significativas, ostensivamente depositadas pelos convidados que buscavam chamar a atenção dos demais e especialmente do sr. Pigafé, que circulava, indiferente, com um grande chapéu-panamá a quebrar a dureza do protocolo que engessava a cerimônia.

Foi depois da celebração deste costume que nascera entre os descendentes de italianos que três garotas, com uma listazinha escrita com a caligrafia orgulhosa do dono da casa em letras graúdas o suficiente para serem percebidas a distância, um pote nas mãos da mais bonita delas, destacada por uma tiara de brilhantes nos cabelos, circularam no meio da festa fazendo a distribuição dos tais anéis que significavam a estima do sr. Pigafé e que até hoje carrego, agora mais por lembrança, antes como costume e distinção em meus dedos amarelecidos pelo tabaco.

O responsável pela organização toda, o sr. Silveira, recolheu os brindes que sobraram e a lista dos que haviam sido distinguidos. Meu nome estava ali, eu sabia, bem no início, afinal, começando com o A. Isto queria dizer que eu era um dos privilegiados amigos do sr. Pigafé, dono de toda aquela extensão de terra e mais outros bens que se acumulavam para proporcionar uma renda inimaginável para a maioria dos mortais que precisavam sobreviver dos seus escassos salários ou de pequenos trabalhos temporários. Bem, é claro que esses não estavam entre os presentes. Os noivos abriram exceção apenas para os colegas de escola, no caso de gente que não tivesse bens de raiz ou importância comercial ou política, social, em suma.

Abrindo os olhos, dava-me conta de que não estava dormindo e não sonhava. E hoje, cada vez que movimento os dedos da mão esquerda, mesmo com tudo o que se passou, percebo os tais anéis-lembrança do casamento. Custo a tirá-los e Rosa Pigafé nunca me cobrou isso. Às vezes sim, mas para uma limpeza, mais na mão do que nas jóias, e então preciso usar um sabonete para facilitar-lhes a saída, escorregando-as. Quanto mais custam a sair, mais me recordam a importância que tive na pequena aldeia e o quanto me custara sair de lá. Não pela consideração do sr. Pigafé, que os tempos mudaram minha visão, mas pelo fato da minha posição haver me proporcionado aquela aproximação, que tanto me valeu então e no futuro. Na verdade, naquele vilarejo perdido, quase no fim do mundo, era uma enorme distinção. Ninguém sabia de onde havia saído a família Pigafé, quem era ele, sua esposa, a filha, enfim, qual era a origem do dinheiro, que profissão, se é que exercera alguma, se havia trabalhado alguma vez na vida. Mas de sua capacidade financeira ninguém duvidava. Consta que certa vez a folha de pagamentos dos funcionários da prefeitura ia atrasar. O prefeito foi, depois das dez da noite, à residência do sr. Pigafé e de lá saiu com os recursos em espécie. Um pedido seu era uma ordem, só que ele tinha o bom senso de nada pedir. Quando muito insinuava algum desejo, logo realizado, como o asfalto de um trecho de estrada ou uma linha telefônica. Recordando o que vi, a distância agora no tempo e no espaço, vejo que ele nem chegava a fazer um gesto e já corriam para atendê-lo, como se adivinhassem o que pretendia. Eu próprio, nas oportunidades que tive, procurei servi-lo fielmente. Até que um dia...

Silveira era um funcionário dedicado da família: quando Rosa era pequena, levava-a ao colégio, depois organizou a grande festa do seu casamento, fazia todas as compras, pagava as contas, realizava pequenos serviços, era um faz-tudo e tanto, ou contratava quem os fizesse. Morava ali mesmo num pequeno quarto nos fundos, junto à garagem, e jamais se queixara de nada. Entrava e saía, nunca deixava escapar nenhuma confidência, sempre sabia onde e como encontrar o sr. Pigafé, mesmo quando este andava em suas freqüentes e demoradas viagens. A vida fluía tranqüila e da sra. Pigafé pouco se sabia, pois se mostrava muito pouco, mesmo na ausência do marido.

Uns diziam que era francesa, outros que era americana. Silveira nada revelava, o homem era uma tumba, um túmulo egípcio, com um tipo de fidelidade canina ao patrão. Como não deixava escapar nenhum segredo, isso aumentava o mistério e a curiosidade.

Os mais jovens tentavam aproximar-se, mas nenhum deles passou jamais do portão. Quanto à srta. Rosa, assim mesmo que a chamavam, nunca freqüentou um baile, uma festa na vila, e o noivo foi "importado" de onde não se sabia e nunca se soube. Surgiu e veio para ficar. Hospedou-se durante todo o noivado na própria mansão e apareceu apenas em duas ocasiões antes do casamento: acompanhando a menina no funeral da mãe do sr. Silveira e na cerimônia do noivado que também foi pública, embora para alguns raros convidados. Eu próprio não fui. Só mais adiante, no casamento, quando para surpresa minha não só figurava na lista, como até fui chamado a ser padrinho.

Mas depois daquilo não voltei a pôr os pés nem no jardim, nem nos salões da residência que decorava o alto de uma pequena coxilha, no ponto em que a cidade perdia suas características urbanas para se transformar na ante-sala do pampa.

Bastava olhar o horizonte e só havia campo e céu. À noite, uma luminosidade incrível, como só aquela região parece possuir, permitia a visão de todas as constelações que se estendiam ao longo da Via Láctea e induziam a procura do Cruzeiro do Sul, símbolo, ponto de orientação e referência para os cavaleiros ousados que ainda pudessem trilhar aqueles caminhos como o haviam feito seus antepassados. E, também para citadinos perdidos, em visita a parentes ou moradores daquele ermo, como eu o fui, durante algum tempo, por opção pura. Mais tarde, deixei toda aquela paz e tranqüilidade e mudei-me levando comigo a nostalgia daquelas noites infindáveis, o hábito de deitar-me logo após o serão, depois do jantar, e de levantar-me com a primeira claridade que se infiltrasse em meu quarto. Os dias eram compridos, as noites curtas, dedicadas ao sono. Alguma leitura, mas vivendo do nada ou parecendo isto como o sr. Pigafé, embora sem a sua riqueza ou pompa eventual, organizava meus vagares com a mesma calma que dispensava ao suceder dos dias: "Hoje é segunda-feira? Mas que me importa?..."

Aquilo não afinaria bem com a carreira política com que me acenaram, afinal o que ficaria bem seria demonstrar apreço pelas questões públicas e as aflições alheias. Na cidade onde fui morar, uma espécie de metrópole regional que vivia da nostalgia de um passado brilhante, dos tempos em que concentrara o poder da região, berço de políticos, intelectuais, partidos importantes, recheada de edifícios belos, mas envelhecidos, mostrando rachaduras aqui, pinturas descascadas ali, telhados problematizados gerando goteiras, em alguns casos vidros quebrados não substituídos, sinais de um abandono ou empobrecimento dos proprietários, transitava satisfeito comigo mesmo. Afinal, meu casarão, que não estava na praça principal, ostentava sinais de suficiência econômica. Pelo menos não precisava de empregos públicos ou socorros financeiros e, se fosse político, meus eleitores poderiam ficar descansados que eu não iria me abastecer no erário público.

Chocava-me saber que as pessoas sobreviviam com salário mínimo e até mesmo a cozinheira da minha casa, a quem eu permitia que fizesse as refeições e levasse as sobras sem nada descontar-lhe, lutava com as dificuldades da vida. No entanto, me diziam que eu dava o mau exemplo, permitindo-lhe tanta vantagem e ainda pagando um salário completo... Isto me fazia dormir em paz e incensava meu ego, pelo menos eu era diferente deles. Mas não foi preciso muito para que vizinhos e concidadãos percebessem que de alguma forma eu era "diferente"...

Bastou-me receber a visita inesperada e chocante do sr. Pigafé, preparada antes pelo Silveira, que veio me visitar numa noite inesquecível, daquelas do outono da região Sul, com a brisa batendo leve, mas permanente, refrescando campos e vilas, cidades e pastagens, depois de um verão tórrido, quente como também só aquela zona parece capaz.

Já me preparava para me recolher ao quarto, onde leria alguma revista e tentaria dar andamento, antes que me chegasse o sono, ao *Tempo e o vento* do escritor Erico Verissimo, quando ele me surgiu com um naturalíssimo "ô de casa!", como se ainda estivéssemos na simpática vila interiorana. Reconheci imediatamente sua voz e mandei que "se apeasse", dando seqüência àquele natural enlace com as coisas do campo, que, embora exilado na cidade grande, fazia questão de manter.

Silveira "apeou-se", não do cavalo como o termo sugeria, é claro, mas do automóvel Mercedes-Benz do patrão, e caminhou até à soleira da porta, onde eu já o esperava, excitado, externando minha alegria pela visita e pela simpatia que me inspirava. E, naturalmente, pelo respeito, temor e gratidão pelo homem que ele representava.

Foi logo dizendo a que vinha, ao mesmo tempo que percorria minha casa com evidente pressa, mas respeitando a tradição de conhecer os cômodos numa primeira visita. Aos poucos fui me inteirando dos fatos que se haviam sucedido na vila e da conveniência que via o sr. Pigafé em confiar-me um dos seus mais preciosos bens, senão o mais precioso de todos: Rosa, a filha querida, não mais a senhorita, mas agora a sra. Rocco, casada e descasada, pois o famoso noivo fugira, transmudado em "pilantra" na linguagem oficial da casa. Naturalmente, Silveira foi discreto e não saciou minha curiosidade pelos detalhes, mas informou que o homem cometera adultério, tolerado nos pampas, mas não tendo como alvo ou motivação "nossas mulheres e filhas". E o que é pior: fizera-o dentro de casa, atraindo para a alcova de lençóis brancos e imaculados uma amiga de Rosa. Mais grave ainda: deixaram-se encontrar sem roupas, no mesmo quarto que dividia com a filha do poderoso Pigafé, e o escândalo repercutira na pequena vila, com desdobramentos pelos campos e fazendas.

Era um daqueles casos de que se dizia "todos ficaram sabendo" e a generalização não pareceria absurda se fosse levado em conta o prestígio da família, o fato de o povoado não ir além de cem casas e as relações de poder entre os proprietários rurais.

Havia portanto como que um grande painel virtual na frente da vivenda do homem mais rico da localidade, onde estava escrito: "Vergonha". Quem por lá passasse, ocasionalmente ou de propósito, voltava o olhar na esperança de divisar os envolvidos. Claro, o tal Rocco desaparecera, Pigafé iria atrás dele até o Uruguai, onde provavelmente se refugiara, mas Rosa não. Aparecer não podia, todos queriam vê-la com o orgulho quebrado, a fronte abatida, o olhar, que nunca fora duro, umedecido pela forçosa humildade que o fracasso pessoal lhe impusera.

Já o pai se fechara ainda mais e agia por intermédio do fiel escudeiro Silveira, como sempre, expedindo ordens e procurando manter o controle sobre a situação. Não havia notícias do infrator que sumira ao ser descoberto, literalmente com uma mão na frente e outra atrás, mas desaparecendo sem deixar pistas. Sumira e pronto!

Tirar Rosa do centro dos acontecimentos fora a primeira idéia de Pigafé, que logo se lembrou — explicou-me Silveira — do Anacoluto, um dos padrinhos de casamento. Nada a ver com o marido infiel, mas poderia ajudar a ocultar a moça até que a situação se acalmasse ou caísse num relativo esquecimento.

Logo pensei que o povinho da vila jamais esqueceria o fato e com ele se divertiria, vingando-se do dinheiro e da arrogância do sr. Pigafé, enquanto ali houvesse vida e o pampa não comesse de volta meia dúzia de choupanas arruinadas, transformando tudo numa grande tapera. Ou enquanto a orgulhosa sede da família Pigafé lá estivesse, como se existisse uma bandeira a tremular no alto do mastro, os cães ativos a assinalar a presença de algum inconveniente, pessoa ou animal. Ou coisa. Eu mesmo já vi cão latindo para uma pedra. E para a lua. Certa vez assisti a dois enormes, peludos, da raça são-bernardo, desafiados pelo enorme clarão de uma lua cheia que iluminava a noite dos pampas, saltarem enfurecidos, como se tivessem condições de atingi-la. Em geral pacíficos, calmos, estavam destemperados. Como se fossem lobisomens... Ou humanos.

Aceitei logo a incumbência de proteger a moça Pigafé, sem hesitações. Nem pensei. Imaginei que ela se demoraria um par de semanas, no máximo um mês, nada que não se pudesse resolver.

Mostrei a casa ao sr. Silveira à medida que ele falava e disse-lhe que seria preciso fazer algumas adaptações, aprontar um quarto de banho especial, para que Rosa tivesse mais privacidade. Descrevi-lhe o funcionamento do meu lar de solteiro, a presença da copeira, da cozinheira, e com isto estava apresentado meu reduzido exército de funcionários.

O resto se resolveria com facilidade. Pigafé havia autorizado uma verba para a manutenção da filha, mas fiz ver ao sr. Silveira que isto não caberia, a não ser que sua presença se prolongasse indefinidamente, então seria o caso de reestudo. Em resposta, apenas passou por mim rapidamente o olhar. No momento não entendi ou não quis entender a mensagem. Mais tarde vim a descobrir.

Depois de sua retirada comecei imediatamente e não sem um certo alvoroço a preparar o terreno para a chegada da filha do homem mais poderoso da região, o que me alçaria, como seu hospedeiro e guardião, a uma posição de respeito e temor na cidade e também de admiração e inveja.

Na certa, a situação curiosa geraria algum tipo de sensação. Para mim, desconforto não, mas expectativa. Afinal de contas, quase chegando a meio século, não seria eu um macho de todo desprezível, bem de vida e organizado, embora até então celibatário, com boas relações, mas tinha que ter cuidado para não comprometer toda uma história de honestas ligações com o sr. Pigafé.

Mas e a menina, quando chega? — foi o que me ocorreu tirar logo a limpo, a fim de me preparar para a nova conjuntura. Por isto fui ao telefone na manhã seguinte, procurando não me mostrar ansioso demais, mas também deixar claro que estava me esforçando para fazer o melhor.

Passaram-se muitos dias no entanto, para mim quase um século, até que, nem eu mais a esperava, a srta. Rosa desembarcou diante do meu portão, modestamente maquiada, vestida com sobriedade, um leve sorriso a pairar nos lábios. Atrás de si, um séquito, funcionários obsequiosos em três automóveis, logo me perguntando onde descarregariam as coisas da menina. Orientei-os, assombrado, enquanto oferecia, sem saber o que fazer, uma cadeira para a garota sentar-se e estendia a cuia do chimarrão para o sr. Silveira.

Teríamos muita coisa para conversar e a timidez de Rosa ainda mais me inibia. Por onde puxar a conversa?

Sabia que, evidentemente, o nome e o episódio do marido eram intocáveis. Portanto, comentar o tempo, os assuntos do dia, a política, os negócios do gado, o valor do dólar, será que ela se interessaria por estas questões? Fui logo perguntando se ela gostava de andar a cavalo. "Adoro" — respondeu-me e achou graça ao ouvir a referência ao tamanho do nosso pátio, pequeno, onde não haveria espaço para um bom exercício. Prometi dar um jeito. Ela tinha um sorriso envergonhado. Bem sabia as diferenças e as extensões de campo da velha casa paterna. Eram direitos que não perdera, mas que estavam momentaneamente suspensos. Isso fazia parte do segredo, um tema em que não se tocaria.

O sr. Silveira e os funcionários retiraram-se, a moça ficou e, juntos, passamos a ansiar pela visita do pai. Pelo menos naqueles primeiros dias. Freqüentemente eu a ouvia cobrar pelo telefone, mas do sr. Silveira.

Ao mesmo tempo, comecei a sonhar com ela. Ansiava pela hora de levantar e encontrá-la para nosso café-da-manhã, ao acordar em plena madrugada suando frio depois de imaginar sua doce voz e seu olhar meigo, e dar-me conta de que estava sozinho em meu quarto. Ficava a escutar os ruídos da casa, uma tábua que estalava como se estivesse cedendo aos passos de alguém, o barulho dos gatos sobre o telhado do galpão, o ladrar de um cão nas vizinhanças ou às vezes o diálogo entrecortado, em voz baixa, de pessoas que passavam diante do nosso portão, apressadas, rumo ao trabalho. Espiava o relógio: cinco da manhã. E a menina, naturalmente a dormir, enquanto eu me desdobrava e já começava lentamente a exercitar-me, pensando em levantar-me em forma para o dia. Daqui a pouco mais estaríamos sentados juntos, à mesa, para o café-da-manhã. Para mim, pouco mais do que uma xícara acompanhada de uma fatia de pão com margarina e, para ela, sucos, frutas e tudo o mais que me ocorrera propiciar-lhe com a pequena ajuda de suas modestas sugestões.

Aos poucos fui me dando conta de que detestava a idéia de que o pai viesse buscá-la e que aquela curiosa e agradável situação se modificasse. Para melhor ou para pior, preferia viver a expectativa da definição, ampliar o furtivo contato das mãos ao manusear talheres, pratos, ou o leve toque ocasional das pernas sob a mesa. E se ela repentinamente se erguesse, dando-se conta de que não fora apenas casual minha aproximação? Se ela percebesse que a roçava de propósito? Como reagiria? Fingindo não dar-se conta ou abandonando-me?

Por enquanto, doces mistérios que eu não tinha nenhuma pressa em decifrar. Preferia contemplá-la e apenas boiar em seus olhos aguados e claros. Por vezes ela me devolvia com firmeza, esperando que talvez eu me desviasse. Mas sem qualquer comentário, nenhuma observação, retomávamos a conversa descomprometida, falando do tempo, dos pássaros que haviam chegado adiantados para a primavera, o sabiá que sempre cantava ou como os últimos dias, embora frios, estavam ensolarados.

Daí que os seus telefonemas cobrando a presença do pai e de certa forma pressionando pela volta a casa me confundiam e me deixavam enraivecido comigo mesmo. Eu logo mergulhava num estado de apatia, que exteriorizava até que fosse por ela percebido. O que às vezes não ocorria, criando-me o difícil impasse de retroceder, tornar-me outra vez sociável, agradável. Trabalho duro. Nada que não fizesse com rapidez, por amor.

Certa madrugada, ao acordar de repelão, jurei que aquele seria o dia em que tornaria mais claros meus sentimentos e faria ver à menina que já não cabia só dentro de mim a paixão que nascera, crescera e ameaçava explodir. Porém, ao levantar-me, reconsiderei minhas decisões. Lembrei-me de que, afinal, como meu próprio nome o indicava, não passava de uma figura de sintaxe, alguém que se expõe "à mudança abrupta da construção da frase", e aí estava justificada a mudança do comportamento. Uma coisa assim, repentina, decidida nos últimos contrafortes da consciência semi-adormecida e que me fazia amanhecer mudado com relação à madrugada. Seria pois, mais um dia de hesitações e adiamentos.

IV

Quiseram porém os fatos — e nisso rendia-me aos árabes, *maktub*, estava escrito — que não escorressem dias e dias sem que a situação se alterasse. Sentei-me pois à mesa do café com o meu hipotético albornoz a envolver-me a cabeça excitada e com olhos turvados pelo amor vi chegar minha princesa encantada. Ela estava vestida modestamente, como sempre, adequada para estar em casa. Trazia apenas uma saia curta que ressaltava as formas do seu corpo jovem, estirados os músculos das pernas como se estivesse pronta para algum exercício, uma blusa displicentemente desabotoada, deixando entrever o sutiã e os seios pequenos e rechonchudos, ali apontando, quase rebentando o tecido. E eu ali, contido, sofrido, depois de uma noite de angústia e com a tensão dos meus sentimentos a explodir-me, quase fazendo saltar pela boca alguma confissão de amor ou uma proposta descabida, pelo menos para quem era o protetor da filha do amigo.

Ah, e os pés! Ela calçava uma sandália transparente e com um pequeno saltinho. Algo de aparência inocente que escondia e mostrava os pezinhos, tornando-os ainda mais doces, pequenos, requintados. Minha imaginação disparou, fiquei quase impossibilitado de completar o café, barrar com manteiga as fatias de pão. Eu tremia naquela manhã de domingo — era pois um domingo? —, nem consigo agora ter certeza, mas dos fatos não me esqueço.

Ela tropeçou em mim, não sei se de propósito, e eu, atabalhoado, pisei-lhe no tal pezinho encantador, na certa produzindo uma interrupção bem pouco romântica e que, no entanto, foi decisiva. Ao aproximar-me de tal maneira ridícula e entusiasmada, provoquei-lhe o mais lindo sorriso que julguei ter visto na face da Terra. E, ao tocar-lhe com pés e mãos, para reequilibrar-me, produziu-se uma inesperada aproximação que fez com que roçasse meus lábios em seu pescoço e sentisse o seu perfume. Ao voltar-me dei-me conta da proximidade dos seus pequenos seios quase junto ao meu peito. Se tivesse que escrever minha própria biografia, classificaria tais momentos como inesquecíveis, ao mesmo tempo que os classificaria com o ensinamento: "eis como não se deve proceder para conquistar uma mulher".

Mas "estava escrito", e era aquele o dia, a hora e o minuto.

Foi tudo impróprio e precipitado. Mas, como no jogo de xadrez, peça tocada, peça jogada. Não havia mais como recuar. Decidi acelerar, era tudo ou nada. Infelizmente, posso hoje contabilizar como mais um fracasso. Ela reagiu com uma certa aspereza e as relações pareceram ter voltado automaticamente ao que eram antes. Dois amigos à mesa. Um senhor, vinte anos mais velho, uma garota entregue à sua proteção pelo pai dominador.

As relações voltaram a ser formais. Olhei-me longamente no espelho buscando as causas do fracasso e achei que para isso contribuíam os olhos cercados por aquele fosso de sofrimento, os maus dentes, as orelhas enormes e meu queixo de asno. Na certa a srta. Pigafé desejava algo melhor.

Com o fracasso da investida, pareceu-me que estávamos mais distantes ainda do que nos primeiros dias. Seus contatos telefônicos aumentaram de freqüência, ela parecia querer abreviar sua estada. Recuando no tempo, vejo o quanto fui inábil, ingênuo e ridiculamente impetuoso. Agi impensadamente, fui obrigado a retroceder, como se fosse um garoto imberbe, errei feio, comprometi o que já havia conquistado.

Não posso dizer que não estava habituado a manobrar de ré, afinal não me chamava eu Anacoluto? Se para algo servia meu nome, era para ministrar-me uma permanente lição de como se deve agir, rompendo a lógica de uma situação e retomando a ação no ponto anterior.

Acho que teria sido um cínico se no dia da despedida da menina Pigafé alguma lágrima me perturbasse. Tinha sido um lance perdido, nada mais. Uma oportunidade desejada, mas desperdiçada por inexperiência. Pode alguém com mais de meio século de vida se achar sem a suficiente preparação para tais embates? No meu caso, sim. Aprendi alguma coisa com o episódio? Temo que não, pois fiquei me arrependendo dos equívocos, mas nada fiz para modificar-me. Achei que Rosa se equivocara na análise dos próprios sentimentos e que não se dera o tempo suficiente para amadurecer vendo o que lhe seria melhor. Ou mais útil, sei lá.

Pode-se dizer que segui adiante, disposto a encontrar um desvio para alguma carreira política, como me haviam acenado, algo que me ocupasse e me ajudasse a conquistar uma posição de destaque. Chamar a atenção sobre minha pessoa ajudaria a convencer quem ficara pelo caminho. Inclusive os Pigafé, ou melhor, "a Pigafé".

Uma vez li no romano Sêneca que "não é pelo fato de as coisas serem difíceis que não temos ousadia. É por não termos ousadia que as coisas são difíceis". Acho que não foi para mim que Sêneca escreveu... Não, não, dessa vez não estou atribuindo a outrem, covardemente, o que eu próprio pensava. Sêneca de fato escreveu a frase que até poderia servir de lema para desempenhos pessoais. Naquele lance sobrou-me precipitação. Em outros momentos da vida, ousadia e, no entanto, as coisas continuaram difíceis. Apesar de adotar a frase, fui mais adiante poltrão, depois impetuoso e logo acomodado.

Nada melhor do que dar tempo ao tempo, sentado à mesa de um bar no clube, enquanto o gado engorda no campo. Eu sabia muito bem disso e tinha esta sorte. Como muitos amigos e companheiros. Não era tema de bate-papo, mas a gente sabia que acontecia tanto em minha família como entre os Bezerra, os Xavier, os Lagossilva, ou os Estigarribia. Era deixar o boi no pasto, um por hectare de preferência, ou, melhor ainda, arrendar o campo inteiro, deixando que outros cuidassem dos problemas, gado suficiente para que ficasse "povoado". E nós, os gigolôs de vaca, jogando sinuca e gamão. Ninguém se atreveria a falar em desapropriação por interesse social, afinal, bastava andar um pouco naqueles velhos campos neutrais para ver o despontar dos chifres aqui e ali.

Com esta cômoda decisão que me propiciava entrada de dinheiro, procurava controlar as despesas, ser frugal na alimentação e modesto, bem ao modo dos antigos habitantes desta província de São Pedro do Rio Grande do Sul. O "Continente", como diziam ao tempo da Guerra dos Farrapos, sempre abrigou gente com essa mentalidade deliberadamente austera, que me parecia não ter nada a ver com nenhuma suposta aversão à ostentação, mas sim um pouco de orgulho e teimosia. Certas atitudes também se poderiam classificar como mesquinharias. Meu pai usava tamancos de madeira e velhas roupas. Só se vestia com algum apuro na hora de ir à sede da municipalidade ou à missa aos domingos. De resto estava sempre de bombachas e só calçava botas quando ia viajar. Carregava uma espécie de chicotinho que não utilizava para bater nos animais, frontalmente contrário a tal atitude, mas com ele gesticulava. Sua cama era de madeira de lei, tão sólida quanto lhe parecia então o Partido Libertador, ele que o dizia, e o guarda-roupa alto e sem espelho na frente. "Sei me pentear até no escuro, homem que é homem não perde tempo com estas coisas." Tome-se aqui este "estas coisas", cuidados com a pessoa, apresentação razoável, roupas novas de vez em quando, gravatas, automóveis novos, tudo o que eu fazia e ele condenava afirmando: "Gastas mais do que ganhas." E em parte tinha razão. Mas só me convenci, efetivamente, depois que ele já morrera, quando fui obrigado a me desfazer de alguns bens, com o oficial de justiça batendo à minha porta.

Isto foi no dia 22 de maio de 1997, não esqueço a data. Até porque foi só então que aprendi a lição para nunca mais esquecer, o fato significou um considerável abalo em minha estrutura econômica. Pela primeira vez tive medo de perder as condições que havia herdado e que me permitiam cuidar do que me interessava sem a preocupação, que eu qualificava de rasteira, de ganhar a vida. Ora, salário, aluguel, conta de luz, prestações de aparelho de televisão, coisas que nunca me atingiram e que eu escutava por vezes, dos empregados ou dos balconistas. Preocupações que o povão tinha e das quais, felizmente, eu me achava a salvo.

Feitas as contas naquele dia fatídico, tendo eu me comprometido através de cartões de crédito e outras obrigações que desabaram em conjunto, percebi que a situação era bem mais difícil do que eu imaginara. Levei vinte e quatro meses para repor a saúde de minhas finanças. Posso hoje vender a lição a qualquer ministro da Fazenda, mas garanto que, durante aquele período todo, não comprei sequer uma banana além do estritamente necessário e do que o orçamento permitia.

Felizmente não me aconteceu o pior: o homem que arrendava meu campo, seu Lucas, que viera de Caxias do Sul com o dinheiro que herdara do pai madeireiro, poderia ter me procurado para rescindir o contrato. Ele se manteve firme e eu também, agarrado em setenta promessas para santos e pais-de-santo. Tudo o que me ensinavam eu fazia, até banho de alecrim tomei, para que a inveja não me atingisse e que tirassem o "mau-olhado" de cima de mim. Não acredito em nada destas coisas, mas, pelo sim pelo não, achei melhor achar alguma crença para me agarrar e reencontrar o equilíbrio.

V

Quem me acompanhou ao longo do tempo sempre viu que me faltava consistência e que não era lá muito firme em minhas decisões. Quem tivesse me visto como humilde e dedicado "coroinha", ajudando missas em meus tempos de colégio, não poderia sonhar com o ateu em que me converteria. Quer dizer: cético em termos, tanto que, como a maioria dos habitantes da antiga província de São Pedro do Rio Grande do Sul, me lembrava de santa Bárbara na hora da trovoada. Faço questão de me apresentar como um agnóstico, mas me questiono muito. Não acho "moderno", "avançado", acreditar em santos. Prefiro citar deuses gregos e romanos, questão de charme, mas acho que foi santo Antônio, que nasceu em Lisboa e viveu um pouco por toda parte e é conhecido também como "de Pádua", Itália, que me tirou "do pepino"... Pelo menos foi a ele que apelei naquele transe difícil, medonha situação que me parecera impossível de resolver. Aos poucos o céu foi clareando e fui me reencontrando com a realidade.

Quanto à parte prática, digamos a execução do orçamento, acho que nenhum governo foi mais sóbrio e severo do que eu mesmo com minhas despesas. Mais do que qualquer ardor religioso, me animou um pavor muito profano de ter que encontrar trabalho para pagar as contas. Se nada aprendi a fazer e me limitei a viver da exploração da terra? Foi uma bela lição. Mas o pior ou o melhor é que no meio daqueles duros dois anos de limitações e penúria é que me reapareceu no caminho a inesquecível srta. Pigafé.

Trazia na face duas ou três ruguinhas que me eram desconhecidas e que em absoluto apareciam no período em que morou em minha casa. Uma delas, bem delineada, ao lado esquerdo da boca, descendo obliquamente, o que lhe dava um ar de desconfiança e, em certos momentos, desdém. Nunca lhe perguntei sobre isso, ela não saberia responder, mas estava escrito em sua face, nos olhos agora levemente turvados por um embaçamento precoce, que as suas decepções com a humanidade passaram a estar inscritas em seu rosto.

Foi numa daquelas manhãs de abril que só acontecem naquelas latitudes. Era outono no hemisfério sul e a luminosidade na altura dos trinta e poucos graus é de espantar. Quando escutei o barulho do portão, ela já estava dentro do pátio e caminhava com modéstia, mas em todo o esplendor dos seus vinte e poucos anos. Para mim não poderia haver visão mais bela, o sol batendo-lhe de leve, iluminando a figura como se fosse uma aparição. Quase explodi de alegria ao ver minha santa e, fingindo um pouco, entre o espanto e a emoção, saí pela porta principal da casa, abrindo os braços. Fiz aquilo com toda a entrega possível, sem afetação, e ela assim o compreendeu, tanto que se abandonou num longo e terno abraço como nunca mais tive em toda a minha vida.

Enquanto eu a enlaçava com júbilo, passou-me como um raio a lembrança de que, estando eu endividado, se ela viera para ficar como deixava supor a pequena mala que trouxera, a situação ficaria ainda mais difícil. A menos que o poderoso sr. Pigafé nos socorresse com algum significativo apoio financeiro.

Na primeira conversa franca que tivemos, à mesa, naquele mesmo dia, ela me retirou qualquer esperança de ajuda econômica, narrando como o rompimento se dera entre ela e o pai e que este praticamente a havia escorraçado, mandando que fosse ver "como é a vida lá fora". Rosa não precisava deste conselho paterno, ela já havia experimentado duas vezes, a primeira com o frustrado casamento, que me confessara, fora capricho seu, e depois no tempo em que esteve morando em minha casa. Não fez muita referência a isto, talvez quisesse ser polida, educada ou não quisesse prejudicar a nova convivência que nascia. Não citou nada e achei melhor não investigar mais nada. Por enquanto, bastava-me o amoroso reencontro, gerando-me tantas esperanças, e o caloroso acolhimento que lhe dei. Contemplei-a com alguma paixão e calei-me. Era apenas uma garota, tinha eu seguramente o dobro de sua idade, decepções muitas faziam parte do meu acervo e ela já tinha suas rugas, inesperadas. Que o meu físico corresponderia aos apelos, aos estímulos de sua presença jovem, já o comprovara desde o instante do reencontro. Poderíamos alcançar alguma solução de conveniência. Passou-me logo pela cabeça a idéia de que poderíamos manter um compromisso íntimo, sem divulgação, sem aparições em público, que ela poderia ser "minha mulher", se viéssemos a solucionar a drástica questão da convivência. Poderíamos ser "companheiros". Mais uma vez precipitava-me, mas tratei de conter-me, levar com cuidado a nova oportunidade, como se lidasse com cristais. E o eram.

Enquanto convivia com a menina Rosa Pigafé, fui construindo dentro da minha cabeça a oportunidade de um rompimento, alegando em minhas malditas elucubrações que seria a melhor maneira de testar a seriedade e a profundidade do que nos acontecera. Inúteis foram suas demonstrações de carinho, sua gratidão talvez, amizade sem dúvida, pois eu achava que teríamos que fazer uma pausa, "dar um tempo", como diziam os jovens. Em verdade, reconheço hoje, apenas disfarçava minha insegurança, minha imaturidade emocional.

Bem que ela tentou dissuadir-me e me convencer da sua sinceridade. Logo tivemos um longo almoço de conversação em que usamos talheres errados para comer peixe e nos abstivemos, inesperadamente, de vinho. Era preciso chegar às conclusões e eu temia embotar o raciocínio, com as emoções e as bebidas alcoólicas. Tentei argumentar, para ela e para mim mesmo, que o vinho não merecia tal classificação, e em sendo uma "bebida dos deuses" só nos ajudaria a encontrar o caminho.

— Não — respondeu ela com brandura, acariciando minha mão propositadamente estendida sobre a mesa —, vamos chegar a um acordo.

Não houve conciliação possível naquele momento. Para minha sorte, a fraqueza já me invadira. Ao ver que ela se erguia e que se encaminhava à cozinha para fazer uma troca de pratos, enxerguei-lhe uma parte das pernas e os pequenos pés e voltou-me, como se fosse uma onda, toda a ternura que tentara, em vão, exorcizar. Escapei. Fui perdoado. Permaneci atado. Mas estava certo de que mais adiante produziria outras situações desagradáveis com o objetivo de recobrar uma liberdade duvidosa, que no fundo não me interessava mais e nem condizia com minha situação de "marcado pelo amor" como uma rês.

A onda de reconhecimento à grandeza da pequena e jovem Pigafé me inundou naquele momento e me fez desembarcar do pedestal da minha posição idiota e descabida. Tornei-me completamente humano, para surpresa minha, fui capaz até de enxugar uma lágrima inesperada que me toldara a visão. Mas não permiti que ela a visse. Apenas fui, imediatamente, mais cordato.

Com a descoberta daquele amor, até então insondável para a minha ignorância, solidifiquei-me. Era como se eu fosse um barco, que me houvessem calafetado, não havia por onde entrar ou sair água, sentia-me forte, rejuvenescido. Olhei para a Pigafé com os olhos ainda inundados pela emoção, mal distinguindo seu rosto. Que ela não visse o *humor aquoso* que me impedia de visualizar qualquer coisa. Foi assim que, atabalhoadamente, quase virei a xícara de cafezinho e me preparei para receber o que chamaria de doce reprimenda pela minha atrapalhação. Ela se limitou a sorrir. Meu êxtase me elevou às alturas e pensei em convidá-la a tomar o caminho do quarto, ao mesmo tempo que achei que seria um desastre. No meio das pernas, o membro intumescido me avisou que eu estava perturbado, ajeitei as cuecas e tentei mudar o tom da conversa.

Embora não estivesse pensando claro, achei melhor tratar do curso que ela pretendia seguir, algo como relações públicas ou enfermagem, já nem sabia direito, estava misturando tudo.

Ela, sorrindo, manteve-se tranqüila, o que nos salvou. Aos poucos as coisas foram se estabelecendo numa rotina de calma e pareceu-me que o mundo retomava sua trajetória, a rodar e a cumprir com suavidade e persistência seus movimentos de rotação, translação e todos os demais balanços que o caracterizam. E assim se passaram muitos dias e noites até que chegou o telegrama.

Por que não usara o sr. Pigafé o fax, o telefone, qualquer recurso moderno, qualquer outra ferramenta, por que preferira justamente a forma mais contundente? Abri trêmulo e entreguei-o a Rosa, pois a ela estava dirigido.

Rapidamente ela rasgou as laterais para permitir-se a leitura. E então leu, releu, tresleu e sorriu. Disse-me que não era nada, mas como poderia não ser nada um telegrama? Quis guardá-lo, talvez escondê-lo. Tentou levá-lo com sua bolsa para o quarto, o aposento que no começo era apenas seu e que virara depósito desde que ela fizera sua mudança inesperada em meio à noite, quando me surgiu, graciosa, diante da porta.

Pensei em arrancar-lhe das mãos. Em tempo refleti e achei que seria demasiada grosseria, mas queimava-me a curiosidade e entendia que o telegrama, além de ter relação direta com a minha amada, evidentemente tinha a ver comigo. Com a nossa vida, agora em comum.

Na certa uma cobrança do pai. Até que ponto ele sabia, seria eu citado? O que faria a minha linda dama recebendo um ultimato paterno, o que eu adivinhava de sua expressão repentinamente séria, olhos baixos, um ligeiro tremor a movimentar-lhe o queixo?

Tomei-a pelo braço com carinho e leveza, com cautela, imaginando que assim não a feriria, não estaria sendo despótico ou cruel. Ela fez-me sinal que não com a cabeça e permaneceu distante. Os seus olhos se umedeceram, senti que o pai usara mão pesada. Teria sido mesmo o pai ou o antigo marido que reaparecia? Roguei-lhe com insistência uma resposta, não suportava mais a pressão, queria um desenlace, mas ela com um gesto afastou-me, e disse, com alguma dificuldade:

— Depois falaremos.

Pela primeira vez na vida, ou depois que me tornei responsável total pelos meus atos, procurei ter a paciência necessária para administrar uma questão em que eu não estava sendo imediatamente atendido. Ter paciência, que fardo pesado para quem não está habituado, para quem por sorte não integra o batalhão dos dependentes e excluídos! Eu não tinha. Achava, além do mais, que tinha superioridade sobre ela, pela conjuntura que se armara, pelo socorro que eu lhe prestara. Tudo que me parecia indiscutível é que ela me devia uma satisfação imediata por aquele maldito papel. Ainda assim transigi, avaliando a qualidade da minha presa. O mais adequado, refleti, seria ceder e aguardar a iniciativa por parte dela. Sentei-me outra vez à mesa, resignado, decidido a esperar, aceitando a decisão daquela garotinha teimosa que parecia disposta a defender sua privacidade ou pelo menos vender caro sua rendição ante o meu machismo, prepotência, anos e anos de exercício do poder masculino.

Enquanto eu me servia, com os olhos a interrogava, procurando no entanto ser complacente para não "espantar a caça". Vagarosamente ela assentou-se ao meu lado e foi retirando da bolsa o tal papel. Abriu-o e mostrou-me.

Havia uma só palavra. Forte, imperativa, proveniente de quem detinha o poder ou pensava que sim e portanto poderia utilizar-se de tal expressão, sem qualquer explicação ou justificativa:

— Volte

Assim mesmo, sem pontuação, sem sujeito explicitado, sem ponto de exclamação, nada. Nenhuma palavra a mais, nem a menos, nenhuma explicação. E precisava? Apenas o verbo, determinando o retorno, significando que impunha uma retratação, uma mudança de idéia, de opinião. Naquelas cinco letras, estava dito tudo com a conjugação indiscutível de uma ordem.

Seria concordar com tudo isto acolher a determinação paterna.

Rosa olhou-me, bem no fundo, interrogativamente. Seria uma questão de honra, teria de me mostrar à altura, sem hesitações. Qualquer dúvida que eu tivesse, teria de permanecer no meu íntimo, sem arriscar perguntas ou debates.

Diante de mim, com as pernas abertas numa atitude deselegante mas que sempre caracterizava sua determinação, retratando a importância que depositava em minha resposta, a pequena Rosa Pigafé crescera. Tinha mais de dois metros de estatura, agora à minha frente, fitando-me firme, enquanto o tal pedaço de papel balançava em sua mão direita como se fosse uma bandeira. Ela queria me ouvir.

Tentei segurá-la pelos braços, queria ser carinhoso, mas ela recuou dois passos como um soldado e ficou me encarando.

— Bem... — comecei com cuidado, temendo tergiversar, hesitar.

— A palavra é sua! — cortou-me. Eu sabia tudo o que ela estava pensando. Que eu não teria como voltar atrás se decidisse manter o acolhimento e torná-lo definitivo, que significaria guerra com o seu pai, enquanto ele vivesse ela estaria dependendo de mim e não mais dele e só não seria deserdada porque as leis a protegeriam. Era o meu Rubicão. Se valeu para César, valeria para mim. Sem refletir mais, soltei a frase com a sonoridade que o instante o exigia: "Não há nem o que discutir. Se você quiser ficar aqui, esta casa é a sua casa!"

VI

A poderosa srta. Rosa, herdeira de um dos mais ricos estancieiros da América do Sul, proprietária automática de uma extensão do pampa que apareceria em qualquer mapa feito por satélite a quilômetros de altura, abria mão de tudo, do desfrute desta fortuna, para ficar em minha companhia e em minha modesta e insignificante casa ao comparar-se com o império do sr. Pigafé.

Estava acontecendo a maior mudança em minha vida. Minha responsabilidade crescia, eu me transformava num chefe de família, passava a responder por todas as obrigações relativas àquela frágil estrutura feminina que estava à minha frente, embora o busto saliente e as pernas escancaradas parecessem me informar que ela era forte e estava disposta a enfrentar qualquer coisa. Eu sabia bem, mais que ela mesma, da sua fraqueza. E da sua fortaleza. Desde a morte do meu pai não me sentira tão atingido por um peso, por uma decisão com tanto significado.

Dados lançados, passamos o rio abraçados. Senti que uma nova vida se instalava entre aquelas quatro paredes. Agora seríamos eu e ela. Caberia a mim prover a subsistência daquele castelo, levantava-se a ponte levadiça, cortava-se a possibilidade de qualquer suprimento proveniente das melífluas mãos paternas. Pensei rapidamente nas conseqüências, lembrei minha incapacidade para o trabalho, ao mesmo tempo sobre o quanto aquele abençoado campo que meu pai conquistara arduamente estava me servindo para sustentar meus projetos.

A queda das resistências — e a que preço! — me ajudou a recordar o dia em que meu pai falecera, mas só a distância no tempo é que eu conseguia avaliar sua importância. Li não sei onde, pois me faltam organização e método para arquivar tudo o que penso em guardar, que Sigmund Freud escreveu que o dia mais importante na vida de um ser humano é aquele em que lhe morre o pai. Não falou em mãe, mas sim em pai, este que para tanta gente é apenas um nome distante ou até um ser desconhecido. Freud não explicou como procederiam estes infelizes para inventariar seu passado e descobrir o momento em que se produziu tão importante ruptura, se não tinham mais ligações com seu pai biológico. Vivendo em meio à sólida burguesia da primeira metade do século XX, apesar do abalo de duas guerras, não suspeitava que chegaria o tempo em que as pessoas desconheceriam, em formidáveis percentagens, o nome, a figura do próprio pai. Mas eu não precisaria de socorro psiquiátrico para saber o significado daquele momento trágico em que meu pai falecera, aliás em meus braços.

Foi assim: ele, aparentemente, não tinha nenhuma moléstia a não ser os naturais achaques relativos à idade, que talvez escondessem alguma coisa irrevelada. Cuidava-se. Relativamente, mas ostentava o que se costuma chamar "saúde de ferro". Certa manhã, contudo, cansado de advertir-me sobre minha incapacidade de administrar a própria vida, após o café, tornou a deitar-se. Não era o seu hábito. Costumava madrugar e bater tamancos pela manhã afora. Naquele dia voltou ao leito. À mesa estivera a falar sobre todos os parentes. Estranhei aquilo, não na hora, hoje ao relembrar, estranho, parecia uma despedida, um balanço. No primeiro momento diverti-me com os conselhos práticos que ele foi alinhando e pedindo respeito e compreensão para os "diferentes" que proliferavam em nossa família. Depois, ergueu-se com alguma dificuldade, recolheu-se para o quarto onde dormia a sesta, mas que nunca usava àquela hora da manhã. Só fui ter com ele porque ouvi um ruído que mais tarde, depois da morte dele, identifiquei como tendo sido seus estertores. Tentei mantê-lo com a cabeça levantada, talvez tenha feito o pior. Não tive tempo para nenhum procedimento especial, chamei-o repetidas vezes e deixei cair-lhe a cabeça quando vi que não tinha mais forças.

A pequena Pigafé ainda não estava comigo. Chamei Eulália, a cozinheira, e fiquei ao lado, sem forças e sem ânimo. Num instante recordei o quanto aquele homem fora importante, tão presente em minha vida. Eu sabia que ele estava morto, e por respeito a ele e à religião da cozinheira mantive-me respeitosamente a seu lado até que vieram buscá-lo para dar-lhe banho, vesti-lo, prepará-lo para o que chamamos "última viagem".

Lembro que eu falava com ele como se estivesse vivo, perguntava se queria levar o radiozinho de pilha, seu companheiro de todas as horas, se queria calçar as botas ou os sapatos.

Meu pai morrera. Nunca mais iria escutá-lo, vê-lo, apertar-lhe a mão cheia de veias salientes ou escutar-lhe a voz reclamando de alguma coisa. No princípio não me dei conta de quanta falta faria. Mas aos poucos percebi o quanto Freud tinha razão. O vazio de sua ausência era ainda maior do que sua presença, porque muitas vezes ele, mudo, silencioso, preenchia a casa.

Pois bem: tomava eu naquele momento uma decisão importante, estava recebendo a srta. Pigafé e seria algo permanente. Eu não poderia dispensá-la, passados alguns dias. Que falta me fazia o pai naquela hora! Se ele estivesse vivo, eu poderia tirar a limpo na hora minha atitude. "E então, pai, estou certo?" É, agora, só me restava fazer uma consulta, digamos, virtual. Mas, se eu sou aquilo que chamam "um cara legal", está decidido e pronto. Rosa jamais ficou sabendo de minha hesitação, nem a compreenderia. Quando ela me mostrou o maldito telegrama, de certa forma cobrou-me uma definição. Se eu tivesse dito "vamos pensar", imediatamente teria respondido, tenho certeza: "Não, não diga nada, não quero que faça nada, eu é que tenho que administrar minha vida."

No entanto, resolvido o dilema, em breve a srta. Pigafé poderia querer voltar a ser tratada como senhora fulano de tal e eu teria para oferecer um bem menos significativo Camargo Neves, com perdão do meu pai e da minha mãe. Não sei se isto chegou a ser preocupação para ela, talvez mais minha. Nunca, e faço justiça, a srta. Pigafé me cobrou a mudança de *status* ou a conveniência de uma regularização que lhe permitisse um novo sobrenome, se quisesse, ou a troca do estado civil. Pareceu-me que ela achara mais conveniente e prático tocar adiante o barco, e aos poucos vi que o comando da casa escorregava lenta e inexoravelmente para suas mãos.

No princípio eu ainda a acompanhava nas pequenas questões relativas ao abastecimento da despensa ou horários de almoço e janta, mas lentamente fui vendo, com satisfação não nego, que ela tomava conta de tudo e eu podia dedicar-me, com mais e mais intensidade, à minha atividade predileta: não fazer nada enquanto o tempo passava. É verdade que eu lia mais do que a maioria dos meus amigos e conhecidos e estava sempre bem informado sobre tudo. Mas não escondo: produção prática, algo em benefício da sociedade, isso eu não fazia.

O episódio do telegrama havia sido providencial e decisivo para minha tranqüilidade atual e futura. Ganhara ao mesmo tempo uma esposa, uma amante e uma eficiente administradora. Ah, e também uma nova mãe, como nem a minha havia sido. Pesquisava meus hábitos, alimentava minhas manias e zelava pelo cumprimento de compromissos. Isto faria parte do amor? Como além de tudo ela se esmerava na cama, cheguei à conclusão de que o tal telegrama tinha sido o meu bilhete premiado, ganhara na loteria.

Só que passei a temer o dia em que o tal pai desalmado viria arrebatar o meu brinquedo e minha jóia, garantia e equilíbrio da minha vida. Dando um rápido balanço, lembro que escapei da necessidade de trabalhar, fugi das dificuldades, bati a porta na cara da penúria para onde meia dúzia de irresponsabilidades estavam me arrastando, enfrentei a mudança com a srta. Pigafé dentro de minha casa, afrontei a ira do seu pai, desdenhei das ameaças que ele me fez chegar e ultrapassei meu primeiro cinqüentenário, são de lombo. Só motivos de alegria. Olhando ao redor, ainda mais. Não se enxergava muita coisa para comemorar, a desgraça alheia não nos traz felicidades, mas vamos convir que não havia muita satisfação por perto. Dificuldades, gente sem emprego, velhas casas sem manutenção, ignorância, pobreza. Mesmo no meu bairro, que se poderia classificar como "de classe média", os moradores não tinham lá muito para festejar.

VII

E eu, alegre, com a minha Rosa resolvendo todas as questões. Desde que ela se pusera no meio da sala, atravancando a passagem para a cozinha com os seios espetados e as pernas abertas, eu aprendera que a melhor solução da minha vida passava pela cabeça daquela mulher pequena mas robusta, hesitante por vezes, mas sempre sabendo encaminhar a melhor solução. Ou capaz de definir-se em todos os momentos. Pergunto quantos homens vivem ou viveram esta felicidade em suas vidas. Que as relações entre homens e mulheres não mudam por estarem em outros países, é bem verdade que há costumes, tradições diferentes e talvez no Marrocos ou no Afeganistão, na Arábia Saudita ou no Japão não houvesse espaço para uma garota assumir o comando de um casal. Mas aqui havia e eu me sentia muito bem assim, nem um pouco diminuído em minha masculinidade. Ao contrário, ao escutar insinuações no clube e no bar, sorria com alguma modéstia, como a dizer: "Deixe que falem, que achem que sou dominado, tudo isto me dá um grande prazer. Não me troco por ninguém."

Talvez por isto tenha entendido que meu paraíso seria eterno. Que a minha feliz união, o achado supremo de entregar a ela a liderança do casal, entregar-me ao meu *dolce far niente*, tudo isso não teria fim. Ou melhor: o único desfecho, em meu caso, seria quando eu entrasse para a "vida eterna", como o padre Godofredo, que passou a ser nosso comensal habitual, costumava denominar.

A última vez que ele estivera aqui, aliás, pensei que seria a última. Não que eu não seja liberal e atencioso com quem pensa de outra maneira, mas também discordar assim, permanentemente, como eu fazia com ele, hoje me parece exagero.

— Ora, padre, o senhor diz isto porque nunca experimentou uma mulherzinha. Garanto que corria atrás de meninos no seminário! — provocava eu. Quando eu falei assim pela primeira vez, ele ficou espinhado, agressivo, até violento. Eu nem contestara suas idéias políticas, que incluíam uma enorme simpatia pelo Partido dos Trabalhadores e o Movimento dos Sem-Terra. Só fiz uma observaçãozinha. O padre virou onça:

— Sua falta de respeito não está à altura da nossa amizade e não distingue sua inteligência.

Discutíamos o celibato sacerdotal. Sempre achei um atraso da Igreja, acabei descobrindo que vinha de um concílio lá pelo ano 1300 e pouco. Foi uma asneira mudarem, eu dizia, e já está na hora de reconsiderarem. Em primeiro lugar porque a maioria dos padres — ou será exagero meu — não respeita para valer a proibição de fazer sexo. Pelo menos com mulheres...

— Então — argumentei para o padre Godofredo —, não seria bom o padre ter família, mulher, filhos, para saber quais são os problemas de um cristão comum?

Fiquei ansiando que ele esfriasse a cabeça e fosse "cristão" comigo e me perdoasse. É que me agradava muito tê-lo como interlocutor. Determinados assuntos, com quem iria discutir? Com Rosa? Impossível. Ela se encerrava num mutismo de pedra quando não compreendia ou não queria examinar uma questão, não permitia que se seguisse no debate, cortava minha exposição de idéias. Às vezes eu estava falando só para compreender melhor certas coisas, algo assim como o enunciado para a solução de um problema de matemática.

O padre Godofredo começou a aparecer lá em casa, levado por Rosa. Ela se arrumava bem nos domingos de manhã e ia à igreja, assistir à missa e, conforme me disse depois, ouvir o pároco.

— Ele tem boas idéias, fala bem, é generoso e ponderado.

Foi o que ela me disse e logo constatei assim que ele veio para o primeiro almoço dominical. Rosa havia se demorado um pouco mais, eu já estava ansioso e ela apareceu-me acompanhada por ele. Interrompeu, para sorte minha, meu exercício de encontrar alguma coisa agradável nos canais de televisão, onde só havia concursos idiotas e cantores barulhentos vestidos como palhaços. Estava justamente desistindo quando eles chegaram. Fiquei animado e entusiasmado com a visita do padre, tanto que fui eu mesmo quem insistiu para que ele retornasse no outro domingo. Depois uma vez mais na janta durante a semana e aos poucos sua visita se tornou tão habitual quanto esperada. Ele próprio já levantava o trinco do portão e ia entrando.

Tivemos discussões memoráveis. "Reforma agrária", por exemplo, um dos seus temas prediletos, e eu, naturalmente, como filho de estancieiro e dono de campo, diretamente interessado. Não que eu seja conservador em política, mas minha posição era clara: "propriedade é propriedade". Disse-lhe um dia: "Não sou índio, nem idiota" — ao discordar da tese do uso social da terra.

— Sei que um colega seu andou tecendo loas à república que ele chamou de "comunista-cristã" dos guaranis, mas este negócio de terra-mãe eu não engulo, embora concorde — e aqui eu falava olhando para Rosa — que é preciso fazer alguma coisa.

— E então, fazer o quê e como? E quando?

— Ora, vamos começar distribuindo as terras do governo — minha frase predileta.

Eu sabia, de ouvir meu pai, que a colonização se fizera ali no Sul com a distribuição de terras da coroa portuguesa entre os que haviam lutado para ampliar os limites da colônia. Ora, tudo aquilo ao sul, abaixo de Laguna, fora dos limites do Tratado de Tordesilhas, era por acordo terra castelhana. Os portugueses e seus descendentes diretos foram lutando, peleando com os platinos, ganhando um pedaço aqui, perdendo outro ali, passando por outros tantos tratados até que ficaram com aqueles "miles de léguas de terra", como me dissera meu pai.

Padre Godofredo insistia que "a terra é de todos". Eu relevava e íamos conversando, falando do comportamento da Lady Di ou das viagens do Papa, e, claro, da seleção de futebol e dos comentários da vizinhança. Aprendi a querê-lo bem e mal me continha nos domingos pela manhã, quando achava que a missa já demorava demais e nada de o sacerdote chegar, acompanhado pela minha impecável Rosa.

Se alguém me houvesse insinuado qualquer coisa, que Rosa não ia à missa ou que o padre não a rezava, teria conhecido minha pronta reação indignada.

Padre Godofredo era aquilo que se poderia chamar de um homem digno. Não que fosse detentor de imensa cultura ou erudição, embora fosse garantido que não faria feio diante de qualquer auditório, com qualquer tema. Seus sermões começavam a se tornar populares. Talvez até angariassem fiéis, ao contrário de tantos sacerdotes que contemplavam, amargurados, a igreja se esvaziar justo na hora em que iam usar a palavra. Godofredo atraía mais gente e seguramente prestavam-lhe mais atenção.

Examinando comigo, ele achava que se devia à maneira cuidadosa com que preparava os sermões, buscando uma inspiração no Evangelho ou no santo do dia, ou ainda num episódio qualquer da história ou até mesmo do momento político e econômico do país. Era um padre esperto, capaz de conquistar as atenções dos adultos, dos jovens, das crianças e dos idosos. Tinha sempre um tema. Ele me contou que certo dia tratou até da Copa do Mundo de Futebol. Para nossos bate-papos sempre sobrava assunto, tanto que às vezes começávamos a conversar ainda no portão e enfiávamos o aperitivo, o almoço, a hora da sobremesa. Interrupção sagrada, sim, só na hora da sesta dominical no sofá da sala. Retirávamo-nos para o quarto, eu e Rosa, enquanto o bom Godofredo ressonava e emitia eventualmente alguns ruídos mais fortes, por problemas orgânicos.

Um dia tivemos uma forte discussão sobre a batina. Ele achava que não devia usá-la e eu, para provocá-lo, insistia na conveniência de ir contra a corrente e assim destacar-se. Não achou graça nenhuma e naquele dia recusou até a dormidinha, alegando que tinha um compromisso num ponto distante da paróquia, numa capela humilde, bem longe da nossa casa. Mas sempre voltava, mesmo depois desses desentendimentos, vazio de ódios ou rancores, disposto a suportar minha cínica pressão em busca de um bom tema para debate.

Rosa um dia olhou-me bem nos olhos, como fazia raramente, e disse-me: "Você tem prazer em discutir!"

Em vão tentei explicar-lhe que aquele esporte saboroso realmente me rendia momentos de alegria, porque significava o nascimento da "luz". Achou ridícula minha argumentação e chamou-me de esnobe, metido, prepotente, mas com olhos de amor, como se estivesse preocupada com minhas asperezas. Achei até que, com muita diplomacia e alguns tiros de canhão, a jovem e habilidosa filha do sr. Pigafé ia traçando os contornos da minha figura com uma crítica que — vinda dela — eu era obrigado a classificar como "construtiva". Na verdade, me demolia. Quando ela acabou sua doce diatribe, eu precisava de um tratamento de choque para me recuperar. Jamais imaginara tamanha ousadia naquela garota amável, de olhar velado por uma cortina de humildade. Quero dizer, humildade mesmo talvez não, parecia mais uma estratégia de ação. Ela era muito capaz de dizer verdades, coisas muito duras, não pedia licença e não temia os resultados. Lembrei-me de que ela se bastava. Financeiramente não dependeria de mim no futuro e, se quisesse, se recomporia com o pai na mesma hora. Quanto ao lado emocional, embora agradecida, não era um cachorrinho, não iria lamber-me as botas.

Tem mais: eu tinha certeza de que ela poderia pegar suas malas, mais uma vez sair porta afora. Até arranjar um novo companheiro, se o quisesse.

Lembrei-me da festa no clube, quando um rapaz "tirou-a" para dançar e ela, alegando cansaço, recusou educadamente, e no entanto, eu que vinha retornando à mesa, ouvi nitidamente quando o jovem lhe disse: "Se é por causa do seu pai, falo com ele", sinalizando-me com o olhar.

Fiquei indignado, mas aceitei o desaforo com orgulho. Em primeiro lugar porque o jovem era de fora da cidade e desconhecia nosso estado ou arranjo civil. No entanto, agastei-me e convidei-a a retirar-se da festa. Acusei-a injustamente, reconheço hoje, de haver contribuído para a iniciativa dele. Tivemos uma longa discussão, estragou-se a noite, ficamos batendo boca e passando a limpo nossa relação, o que estava certo, o que estava errado, e fomos dormir, exaustos mas não reconciliados, depois de fazer amor num ato, nervoso, cheio de agressividade e, ao final, incompleto.

Prometi policiar-me e não repetir com ela aquele procedimento indigno de cavalheiro, como diriam velhos britânicos do século XIX, nem agredir os ignorantes, exibindo minha suposta erudição. Era fácil, com o crescimento da falta de cultura, e até de vulgares conhecimentos gerais. Repugnava-me tudo aquilo, eu atribuía a muitas razões, havia a pobreza, o regime militar que esvaziara o ensino durante mais de vinte anos, mas eu estava sendo apenas grosseiro e, mais uma vez, prepotente. Prometi emendar-me.

— Os professores — me dizia o padre Godofredo — estão ganhando miseravelmente e a maioria tira do próprio bolso para melhorar as aulas, levando um projetor, um monitor de TV, até computador, meia dúzia de disquetes, livros, papéis.

Para irritá-lo eu logo replicava:

— Por que a Igreja não leiloa seus bens em benefício dos pobres para começar a estabelecer alguma igualdade?

VIII

Formávamos uma pequena comunidade, eu, Rosa e o padre. Tínhamos já nossas datas em comum, abríamos uma garrafa de vinho em homenagem ao aniversário do sacerdote ou ao sucesso de uma festa beneficente e, quando eu recebia o dinheiro grosso do arrendamento do campo, o padre já sabia, o vinho era francês ou italiano.

Então, davam-se boas gargalhadas, embora nossos serões não fossem apenas perda de tempo e anedotas variadas sobre os conhecidos. Entremeávamos com a crítica ao que se via na televisão, o que se lia nos jornais, os livros que nos chegavam. Lembro que comecei a emprestar ao vigário algumas preciosidades da minha biblioteca, na época eu andava lendo os autores russos, retomara Dostoievski, Tolstoi, Gógol, Gorki, e ele me devolveu *Os cossacos*, de Tolstoi, dizendo:

— Dos outros eu gostei —, ele falava sobre *Crime e castigo* e *O jogador*, de Dostoievski —, mas este de cossacos e cavalos se comendo não achei nada interessante.

Só de raiva nunca reli *Os cossacos*, nem sei se tem ali esta historinha rebarbativa que ele citou. Rosa horrorizou-se ainda mais do que eu e perguntou se eu andava emprestando livros pornográficos para provocar o padre. Claro que não era minha intenção. Estávamos juntos no meu gabinete biblioteca e o nosso bom amigo havia se interessado por alguns volumes que vira agrupados e num ponto mais à vista. Eu andava na febre da leitura dos russos que vinha de Tolstoi e Andreiev aos modernos e até o chato volumão do *Doutor Jivago*. Rosa vira o filme e disse: "Adorei." Como as mulheres gostam de usar os termos "adoro", "adorei", passaram a ser exclusividade delas, levantando-se principalmente entre os toscos filhos da Campanha e da Fronteira, na região sul do Rio Grande, sérias suspeitas sobre a masculinidade de quem se dispusesse a usá-los.

Aliás, esta gente dos pampas se recusava a tocar em histórias de homossexualidade em público e muito menos contar que mantinha relações com ovelhas. Só entre eles, na hora do churrasco com muita pinga, aí um dizia para o outro: "E tu? Já barranqueaste alguma?" Devo explicar, para melhor entendimento, que "barranquear", na rude linguagem daqueles filhos do campo, significava puxar uma ovelha de forma apropriada, com o traseiro para um barranco, e ali, aproveitando-se da altura, meter-lhe no ânus. Com suposta valentia. Duvido que haja muitos filhos de proprietários rurais, peões ou capatazes que não tenham praticado este ato. Nunca um "machão" desses iria contar, no entanto, tais deslizes em pátio de colégio ou no galpão para estranhos. Ou falar, "melosamente", "adorei" isso ou aquilo. De modo algum.

Mas, como meu próprio nome indicava, às vezes eu agia "anacoluticamente", como diria um dicionário dos bons, estava sempre pronto para o recuo, uma espécie de retirada estratégica. E assim, vendo que a irritação do meu amigo padre se tornara perigosa, tratei de enveredar por outro caminho, esquecendo completamente o que discutíamos, como também logo o fiz com Rosa e faria com o que estou escrevendo aqui. Decidi parar com a implicância e abrir caminho para uma reconciliação imediata com o padre. Aparentemente eu não estava promovendo uma retirada, mas era uma "mudança abrupta de construção". Se há um provérbio na cultura portuguesa que diz que "quem sai aos seus não degenera", então mais certo ainda quem está honrando o próprio nome. Como um legítimo Anacoluto, estava apenas praticando pura e simplesmente uma anacolutia.

— Ora viva — disse-me o padre —, você não é tão selvagem assim como parece. Levei medo com aquele assunto de ovelhas, não estou aí para estas vulgaridades, mas sempre posso suportar provocações de amigos.

Prometi, como muitas vezes, que daquele momento em diante seria um legítimo, educado e polido cavalheiro.

Já tive oportunidade de contar e espero que ela leia isto aqui, como a srta. Pigafé havia me conquistado em definitivo, ao estabelecer os limites do seu poder. E os meus limites. Ela abriu as pernas como se fosse um soldado, com um papel na mão que sacudia para que lesse bem o que estava escrito, e exigira minha definição. Os seiozinhos espetados furavam a simpática blusa branca e os olhos adquiriam uma força penetrante, bem diferentes da ligeira névoa que parecia encobri-los quando transmitiam sua doçura. Esta era uma "dama de ferro", uma Thatcher caseira, e eu, como o marido da ministra inglesa, tratava de dobrar-me. Melhor remédio. Ela emitia então as ordens, dava instruções, estabelecia procedimentos, mostrava todo o seu poderio.

O padre me olhava por trás das grossas mãos unidas como para uma prece e eu vislumbrava em seu olhar um quê de zombeteiro. Como ele não falava, não emitia nenhum som, não me permitia o lance de atacar. Para permanecer usando figuras enxadrísticas, era o gambito que permitia ao jogo andar, sem maiores perdas. Talvez um pobre peão, não mais do que isto.

IX

Numa tarde de domingo, contudo, para ser mais explícito no dia 23 de abril de 1995, nossa amigável tranqüilidade familiar foi sacudida por um terremoto. Um dos tantos que desabavam de vez em quando sobre os Pigafé e sobre aqueles que os cercavam. Não era possível que Deus propiciasse beleza, fortuna e, além disso, felicidade completa. Em sua "santa sapiência" — como diria o padre Godofredo —, Ele distribuiria em doses desiguais o amor, o dinheiro e a admiração dos contemporâneos.

Nossa amável convivência estava apenas sendo retomada, o padre dormira a sesta, eu e Rosa havíamos selado um acordo de paz no silêncio do nosso quarto com algumas brincadeiras amorosas absolutamente eficazes, com muitos beijos que distribuí pelo corpo inteiro da pequena Pigafé, fechando-lhe a boca com meu peso e impedindo-a de reclamar, citar inconveniências minhas como brincadeira. Depois da doce celebração e da morte provisória, olhávamos pela janela o azul do céu.

Foi quando gritos, campainha estridente, cachorros latindo deram em conjunto um alarme e estabeleceram uma ruptura com toda aquela felicidade.

Vesti-me às pressas e corri para fora do quarto, depois fui me encaminhando para a porta. Como era um domingo, não havia nenhum empregado para antecipar-se e proteger-nos. Estávamos ali, encastelados naquele casarão, e ao redor de nós as pequenas casas de classe média e as ruas com seus estorvos e perigos. Raro era chegar até nós qualquer ruído ou perturbação. Difícil era baterem em nossa porta, tratávamos com afabilidade toda aquela gente, com a condescendência típica das classes superiores. Éramos, Rosa e eu, gentis e atenciosos. É preciso registrar que ninguém nos fazia pedidos extravagantes, em resumo, não perturbavam nossa santa paz.

Eu sabia, é claro, que as empregadas às vezes cediam um ou dois ovos, um pouco de arroz, sal, alguma coisa numa emergência, mas ninguém abusava. Naquele belo domingo, porém, as costuras se rompiam, porque eu ouvi nitidamente que gritavam meu nome e o de Rosa e que batiam com força no portão. Quando escancarei a porta da frente, vi que a situação era grave e que era preciso agir. Pedi com fervor a todos os santos que minha mulher, sempre tão expedita, já estivesse vestida e me tomasse a frente. O padre acordara espantado e também recompunha suas roupas, espichando os ouvidos, atento para saber o que se passava. Minha paz terminara. Meu lar iria ser invadido por um problema alheio. Percebi que era um vizinho que batia em nosso portão com desespero, que estava ensangüentado, e que às janelas das demais casas apareciam rostos apavorados. Era um acontecimento e tanto que perturbava a modorra daquela tarde.

Foi quando senti Rosa passar por mim como um dardo.

Quando me dei conta, ela estava abrindo o portão, já amparando o vizinho que, no estado em que estava, se ensangüentava todo. Apressei-me a ajudá-la, sem tempo para refletir, mas no fundo pensando em como ela havia sido veloz e decidida, enquanto eu ficara no umbral da porta teorizando comigo mesmo se devia ou não socorrer aquela pessoa.

Ela fora de novo muito mais decidida que eu, agira com presteza e acertadamente. Nenhum reparo à sua atuação. Quando tudo acabasse, iria eu me examinar. Seria eu um legítimo poltrão, acomodado, tinha o raciocínio lento ou não me preocupava com os outros?

Trouxe o sr. Edilton — fiquei sabendo o nome, ela já o sabia — para dentro de nossa casa, levou-o ao banheiro da sala, ajudamos a lavá-lo, ela, eu e o padre Godofredo ficamos sabendo que o ferimento fora feito com uma faca, sem dúvida afiada, mas que aparentemente não corria risco de morte, mas não era o caso para ficar esperando. Rosa, muito mais eficiente do que eu poderia imaginar, chamou o pronto-socorro e em minutos estava uma ambulância diante da nossa casa. Ela ainda foi junto, ao lado do enfermeiro, e só muito tempo depois me telefonou pedindo que fosse buscá-la e me dando conta de que o sr. Edilton tivera muita sorte, a faca passara a poucos centímetros dos intestinos, e que ficaria hospitalizado. Foi um trabalho e tanto, rendo homenagem à minha princesa.

Tudo superado, ela já de volta, o vizinho na sala de recuperação do hospital, a vida retomando o seu fluxo, devagar e sempre, nós dois sozinhos em casa, o padre já se fora, nos defrontando e procurando evitar uma análise dos fatos, eu a olhava e a via como uma pequena heroína e eu, sem dúvida, como um velho poltrão. Um inútil, incapaz de agir, de me movimentar com a presteza necessária, com o raciocínio tardo e, pior, talvez com uma visão tão preconceituosa da vida que explicasse minha hesitação.

Lembrei-me de um conhecido que ao passar por um acidente na estrada não quis socorrer um ferido para não sujar de sangue o estofamento do seu carro. "Isto acontece?" — na certa me perguntaria Rosa e eu teria de responder-lhe que sim, que eu até conhecia uma pessoa que o fizera. Ou melhor, que deixara de cumprir com uma obrigação mínima de ser humano. E então entraríamos na antiga discussão do que era obrigatório, do que a ética nos impunha e o que seria, digamos, secundário ou opcional. Ajudar aos outros então seria supérfluo, secundário, conveniente ou não?

Renderia uma noite inteira de discussão. E os que passam fome? E os que não têm emprego e o procuram? E os que não souberam educar os filhos? E as crianças famintas e os meninos de rua, os excluídos, todos?

Nunca pensei que um dia tal debate sobre uma questão que sozinhos não poderíamos resolver pudesse causar uma greve de sexo por parte de Rosa, mas foi o que ela fez, não só mudando de quarto, voltando para aquela peça que eu mandara preparar para ela, quando chegara, quando da sua primeira estada em minha casa, como fechou a cara, encastelou-se e até encostou um armário pelo lado de dentro da porta, para evitar a entrada de um "ser arcaico" como eu, sem emoções, "um desprezível reacionário", conservador, pouco interessado na sorte dos outros.

Durou três dias a resistência da moderna Lisístrata, o que me deixou bastante nervoso. No princípio eu batia à porta como um louco furioso, depois apelava para a sedução, e "cantava" encostado à sua janela. Depois, sentava-me junto à parede, na esperança de que ela, de repente, saísse. Não sei se ela se alimentava de chocolates ou como fazia. Tinha livros, um aparelho de TV. Pensei em cortar-lhe a energia elétrica, mas isso não serviria para uma pacificação. Não iria amolecer-lhe o coração e a anunciada "greve de sexo", agora transformada em cárcere espontâneo, iria se espichar ainda mais.

Achei que a única solução seria sentar-me e esperar, acreditando que ela acabaria cansando-se ou desistindo.

Pensando bem, não me acho mesmo responsável pela pobreza e a miséria que viceja em redor do quarteirão que escolhi para morar. Aliás, imune à proximidade da desgraça? Quando escolhi esta antiga casa para servir-me de refúgio, olhei bem o entorno, claro, pensando em me situar numa zona pelo menos equilibrada. Não chego ao ponto do que vi no litoral norte do Rio Grande do Sul, onde levantaram muros altos e cercaram um "condomínio fechado" na esperança de que não viessem a ser incomodados pelos moradores da vila situada do outro lado da estrada, bem ali próxima ao tal muro, aliás onde vivem os que trabalharam na construção daquelas enormes casas. Eram prédios grandes, mal acomodados no terreno, como "perus no pires", um quase encostado ao outro e todo o "residencial" isolado e livre da incômoda visão dos barracos de restos de madeira, lata e papelão.

Não cheguei a este ponto. Mas tive o cuidado de me localizar num bairro, digamos "nobre", como anunciava a publicidade. Com o tempo a região deteriorou-se, admito o termo, e passei a viver cercado por gente de classe média B ou C, como classificam os publicitários. Aos poucos surgiram pequenos mercados, precariamente instalados em antigas garagens, depois soube que no edifício de apartamentos da rua fronteira alugavam quartos, instalaram uma clínica de fisioterapia numa antiga "vila" principesca do início do século XX, que o proprietário não queria vender, e num terreno baldio levantaram dois ou três barracos.

O seu Edilton, que invadiu minha casa, não, ele não invadiu, bateu no portão e Rosa o fez entrar, parece que morava ali bem próximo, numa casinha que substituíra antigo prédio demolido por falta de condições, por ordem da prefeitura. Já não era mais do primeiro proprietário, mas de seus sucessores, e fora feita para aluguel. Não sei quem era ele nem o que fazia, lembrava-me do seu rosto por vê-lo passar e me saudar respeitosamente.

Rosa, pelo jeito, sabia mais sobre os vizinhos, embora estivesse ali comigo havia tão pouco tempo.

E, no entanto, ela me dava esta preciosa lição de convivência! Pois se eu nem sequer sabia o nome de tal criatura que vivia ali tão próxima, nem o que fazia, se tinha filhos, se passava necessidades ou resolvia-se bem perante a vida! Mais ainda, era-me impossível imaginar o que lhe sucedera, por que fora esfaqueado, se tinha sido num assalto, uma agressão por qualquer motivo ou algo sem explicação.

Em meio ao meu desmedido egoísmo, não sabia identificá-lo nem sonhava com o que poderia ter ocorrido.

Minha querida Rosa já sabia tudo. Ela conhecia os fatos e adivinhara o que de fato sucedera:

— O filho se droga. Foi ele, seu Edilton me confirmou. Eu já suspeitava!

Pois então, ela tinha conhecimento do que se passava na vizinhança?

A dimensão do drama me escapava, porque não me dizia respeito e eu procurava, honestamente, não me intrometer nos problemas dos outros, achando que assim me vacinava contra eles. Seria mesmo "honesto" meu alheamento?

Até ali vinha dando resultado, a meu ver.

A dor do seu Edilton, nem me refiro aos problemas físicos, a faca passou a dois centímetros da femoral, o perigo de morte que correra, nada se comparava ao fato inqualificável de haver sido esfaqueado pelo filho. Quem lhe devolveria a crença na vida, se é que ainda a tinha, quem lhe provaria que valia a pena continuar?

— Então o menino se droga? — coloquei assim minha angústia, muito mais do que dúvida, diante de Rosa, e ela, lentamente sacudindo a cabeça, me confirmou. Refleti sobre a idade de quem eu classificara "menino" e minha cabeça andou à volta, sobre o que fora e o que era e o que seria e o que uma vez tinha sido... Li não sei onde que a infância é uma invenção do século XVII, mas ouvi falar de adolescentes com mais de vinte anos. Então o que era uma coisa, o que era outra e, bem a propósito do jovem vizinho drogado, 22 anos, um "menino"?

Olhei-me ao espelho: "Não terá sido por pura covardia que não quis me casar e ter filhos? Para não ter que arcar com a responsabilidade de criá-los ou, pior, defrontar-me com situações como aquela?"

A valentia da pequena Pigafé continuava me desnorteando. Pois não é que ela, em sua aparente fragilidade, organizava minha casa, administrava meus bens, me animava e regia minha vida e ainda tinha tempo para conhecer as cercanias, relacionar-se com os vizinhos, inteirar-se dos seus problemas e ajudá-los nas dificuldades?

X

Tudo aquilo para mim era tão espantoso como o amor que nascera entre nós, tão desiguais. Ela tão forte, eu tão fraco, reduzido a uma acomodação vantajosa.

Rosa espetava os peitinhos miúdos que eu conhecia tão bem, rechonchudos e coroados por uma pelezinha vermelha, devidamente ocultos por trás da blusa, arqueava as pernas como um caubói de cinema e enfrentava os dissabores com determinação. Eu, meio que oculto por ela, dava-lhe força, sempre na esperança covarde de não ser chamado a intervir.

Fora esta permanente atitude defensiva que me permitira navegar ao longo da vida sem assumir maiores compromissos. Por isto não me transformara em político, não aceitara o convite para concorrer a nenhum cargo, não era empresário nem "patrão" ao velho estilo, não me definira como nada. A não ser ir levando, beneficiando-me do que meu pai me deixara, sem grandes aventuras.

A própria chegada, intervenção e incorporação de Rosa partira mais da iniciativa dela do que minha. De repente eu a vira dentro de casa, instalada. Depois, ela mesma decidira resistir à convocação paterna e ali estava, pronta a permanecer se eu tivesse um mínimo de hombridade.

As oportunidades surgiam e se desfaziam. O caso do vizinho esfaqueado e seu filho drogado era exemplar. Tivera eu uma chance, minutos, segundos, para demonstrar que eu a conhecia o suficiente, sabia da extensão inacreditável da sua dimensão humana, que ela se interessava pelos outros por serem criaturas como ela, e que tendo nascido num lar privilegiado e estar a viver em outra casa farta, tinha obrigações imediatas para com os desvalidos, com os excluídos, com aqueles para quem sobravam só os restos do festim. Mais do que isso: ela era uma pessoa que pensava nos seus semelhantes, independentemente da situação socioeconômica, eram os outros e pronto, poderiam pensar e agir de maneira diferente, mas eram alguns deles incapazes de se administrar. Ou eram intelectualmente deficientes ou não tinham tido todas as chances que ela tivera.

Seu Edilton tornou-se "eternamente grato". Viramos uma espécie de "compadres" e nossas sobras passaram a ter uma destinação garantida. Rosa incorporara os problemas do vizinho a suas orações semanais e até mesmo uma missa na intenção do seu restabelecimento fora rezada pelo padre Godofredo. Este, por sua vez, também o havia "adotado". Mesmo que eu quisesse, portanto, encarar com ceticismo e cinismo o resultado positivo para seu Edilton, tinha uma barreira poderosa dentro de casa: minha mulher e seu confessor e orientador religioso.

Ronaldo — o filho drogado do nosso vizinho — continuou sua carreira de crimes, decaindo física e moralmente e arrastando a família à desmoralização pública. Rosa não esmoreceu neste período e, em certos momentos, cheguei a temer que ela os trouxesse para ocupar a nossa garagem, que, afinal, era para três carros e possuíamos um só. Ela não falou sobre isto, mas sei que pensou na hipótese. Falei em crimes porque o jovem Ronaldo começou a furtar para comprar seu "remédio". Primeiro do pai, depois tornou-se uma espécie de "descuidista" profissional e logo mais adiante um ladrão vulgar, passando do furto ao roubo, com violência e até mão armada. A faca com que descontara sua dívida histórica com o pai fora substituída por um revólver também furtado. Aos poucos foi se afundando na carreira que se poderia prever.

Rosa avisara seu Edilton sobre os perigos da dependência que o filho criara e tudo aquilo se transformara numa fonte a mais de preocupações para nós. A qualquer momento, o mais leve ruído no portão me punha agora em estado de alerta, eu imaginava que nossa vida poderia ser invadida por um novo problema oriundo dos vizinhos e não era sem preocupação que via a permanência daquela situação. Também por causa de Rosa e sua segurança, pois ela parecia não se preocupar muito consigo mesma. Entendia como certo o que fazia, a bondade, o desprendimento com que se desempenhava.

Nunca imaginou que pudesse ser alvo de um seqüestro, para render meios para o rapaz drogado se manter no vício. Eu temia por isto. E, embora me considerando ateu ou pelo menos um agnóstico, rezei.

Redescobri a reza, lembrando a mim mesmo que, afinal de contas, se eu fazia o sinal-da-cruz para exorcizar o perigo, então ou estava sendo cínico naquele instante ou não havia de todo abandonado minhas crenças ou a religião que me fora imposta quando ainda não tinha a luz da razão.

Todo mundo sabia que o corte em seu Edilton poderia tê-lo matado, pois ocorrera a dois centímetros, se tanto, da artéria femoral, aquela que carrega grossa quantidade de sangue e pode levar o atingido a um choque imediato. Um pouquinho para o lado e o filho teria cometido o crime dos crimes, assassinando o pai. E, se ele fora capaz disso, por que não o faria com as outras pessoas, por que não agiria como um bandido com a minha Rosa?

Até que um dia recebemos a boa nova — não se vive só de más notícias apesar de tudo — de que o Ronaldo fora internado num estabelecimento de curas, uma dessas organizações não-governamentais que se encarregara de atraí-lo e levá-lo para o sanatório.

Aquilo retirava um pouco da incerteza de nossas vidas e do clima instável que se passara a viver em nossa rua.

Pensei comigo: "Agora vou ter a Rosa de volta. Pelo menos em parte. Ela já não pensará tanto em resolver o problema do seu Edilton, que era também nosso, sem dúvida."

Mas, ai de mim, tão pouco tempo durou a solução e tão pouco tempo, também, Rosa se conteve sem envolver-se nos perigos que a cidade trazia. Inútil era a minha idéia de manter os muros altos a proteger nossa casa. Nossa aparente tranqüilidade era permanentemente quebrada pelas ocorrências vulgares de todos os dias. Um cão que ladrava alto demais, uma bola que caía no pátio, um pássaro se debatendo que caía espadanejando, atingido por uma pedrada, alguém que batia no portão pedindo restos de comida, pão ou alguma moeda, tudo era motivo de interrupção da nossa vida paradisíaca. Se eu colocasse um cartaz pedindo para não sermos perturbados, seria ainda mais ridícula e irreal minha atitude. Como formular um pedido desses? Usando Rosa?

Foi quando conheci Teresa. Ou melhor: *foi a primeira vez que vi Teresa.*

Quando ela soube meu nome, literalmente rolou-se de tanto rir. Pediu-me que o repetisse, coisa que fiz, pausadamente, assim sublinhando as sílabas: "A-na-co-lu-to", separando cada fonema, e a infeliz quase a rojar-se no chão e pedindo que dissesse outra vez.

Se me perguntassem hoje como eu lhe dera tamanha liberdade, nem saberia responder, mas o fato é que fui tolerante com ela, imaginando que era amiga de Rosa ou pelo menos do seu Edilton, ou quem sabe do Ronaldo, o "drogadito" da esquina. Naquela altura eu já considerava a todos como "gente de casa" e assim é que nem me perturbei. Fiquei bancando o palhaço para ela, enquanto ela se divertia cada vez mais.

Quero descrevê-la: era morena, belas pernas, nem gorda nem magra, olhos muito verdes, pairando em seu olhar, como uma gota de espanto permanente, um ar de dúvida, o que a deixava ainda mais simpática, especialmente quando pedia que eu repetisse meu abstruso nome de batismo.

Rosa, pela primeira vez, desagradou-se de uma visita inesperada que provinha das suas novas relações com a gente do "andar de baixo", digamos assim, para demonstrar uma certa tolerância com os deserdados da sorte que habitavam tão próximos.

Teresa tinha a mesma idade de Rosa, nem uma décima parte da sua elegância natural de corpo e espírito, mas um charme, uma beleza que saltava irresistivelmente da sua brejeirice. E o pior é que parecia ter vindo para ficar. Acomodou-se de tal modo ao nosso pequeno mundo que ia e vinha com a maior naturalidade, entrando e saindo do nosso terreno, sem bater à porta, sempre com uma desculpa nova à flor dos lábios tão carnudos e convidativos que eu quase a enlacei na segunda ou terceira visita. Era natural que Rosa a odiasse. Mas, como me parecia uma aventura absolutamente sem compromissos, uma possível ligação sem passado nem futuro, tentei desconversar quando fui intimado.

Rosa exigia que eu tomasse uma atitude e eu não queria bloquear as visitas que me divertiam e, confesso, me excitavam.

A tal Teresa, cuja origem eu não conhecia, que surgira do nada em nossas vidas, e que aparentemente não se demoraria, irrompia em nosso lar, sempre com um sorriso a enfeitar-lhe o rosto e uma desculpa esfarrapada para ir ficando, uma pergunta, um pedido. Chegou ao cúmulo de pedir uma xícara de arroz, como vizinha que era, o que irritou ainda mais a srta. Rosa Pigafé, que, pela primeira vez, pareceu-me, quis impor limites a um mundo socialmente inferior que ameaçava suas posições.

Eu me divertia, confesso. Talvez na situação inversa ficaria profundamente irritado, mas refletindo encontrei a desculpa de haver permitido a presença permanente do padre. Não que eu desconfiasse de algum relacionamento dele com a minha Rosa. Não era isto, embora tenha ouvido umas insinuações que eu rejeitara sem hesitar.

Mas a hipótese de ter as duas ao mesmo tempo me encantava! E por que não?

Teresa era incrível e sedutoramente brega. Vestia, quase sempre, uma calça apertada para modelar melhor o corpo, ou uma minissaia que teria feito a inveja de Mary Quant. Não obstante, usava sandálias, deixando os mimosos pezinhos bem livres, mesmo que aquilo não combinasse com a indumentária O cabelo arranjado com uma aparência de desleixo casual. E a sua avassaladora confiança que permitia a atitude inocente de invadir nossa privacidade, o que em mim provocava riso e excitação e deixava Rosa irritada com ela e chocada com a minha tolerância.

— Você, que é sempre tão exigente e radical, com esta aí você se deixa envolver, isto já está escandaloso. É uma preferência que não deixa dúvidas e você ainda o faz na minha cara!

— É para ver que nada há de sério, apenas me divirto — replicava eu, defendendo minhas posições. — Ora, não há nenhum privilégio, ela começou a aparecer aqui por causa daquilo do seu Edilton e foi ficando porque... toleramos. Quem sabe você a proíbe de pisar aqui em casa?

Eu sabia muito bem que a srta. Rosa Pigafé não desceria do seu pedestal para se permitir uma comparação com a tal vizinha tão pouco refinada. Ao mesmo tempo me surpreendia como ela era capaz de envolver-se com os empregados e suas famílias, a gente do bairro, o vendeiro, os trabalhadores do posto de gasolina, enfim todos os prestadores de serviço que cercavam a nossa casa, a mais poderosa entidade econômica daquela área. Não se incluiria aí suportar Teresa, mas bem no início, na segunda visita, ela já me chamara a atenção para a confiança que a outra tomara, sua pouca idade, ignorância sobre qualquer assunto sério, maneira indiscreta de se vestir e estabanada de agir.

O que me parecera engraçado e divertido, que indiscutivelmente viera sacudir a nossa rotina, surgia no entanto como um pequeno espinho a espetar sua aspereza em nossa convivência. Nem de leve me passava pela cabeça fazer uma troca ou permitir que a recém-chegada viesse a desbancar Rosa. Mas eu vivia a aventura que se propiciara, perigosamente. Sem medir o alcance e os possíveis resultados negativos, deixava escorrer o episódio. Talvez eu quisesse ver até onde iria. Mas de vez em quando surgia em meu pensamento a idéia de que ter as duas seria no mínimo animador e que tê-las ao mesmo tempo, uma loucura irrealizável, mas nem tanto... Dependeria da aceitação. Numa daquelas tardes modorrentas em que a hora da sesta teimava em não passar, minha imaginação correu solta e eu pensei quão interessante seria concretizar este risco.

Ela era parente do seu Edilton. Viera de algum lugar do interior, algo improvável como Piratini ou Encruzilhada. Fazia todo o serviço em casa, explicara um dia, e apreciava muito a "sra. Rosa, uma dama da sociedade que não deixava de ajudar aos demais!" Este reconhecimento que ela fizera, de saída, deixava Rosa numa entalada: em primeiro lugar ela se sentia lisonjeada de haver despertado tal admiração na outra e possivelmente em outros habitantes da região. No entanto, desagradava-a muito a "confiança", a independência e o desembaraço que Teresa demonstrava em suas ações e em seu comportamento dentro e fora de nossa casa.

Suspeitou ainda mais de mim quando me achou mais interessado do que de costume no relacionamento sexual. Argumentei fazendo-lhe carícias, mas de nada adiantou. Ela disse que eu a estava querendo cooptar e que não estava sendo correto.

Foi um longo discurso, muita argumentação, tudo muito desgastante e cansativo. Arrependi-me do que eu não tinha feito e jurei a mim mesmo que jamais o faria. Assim era melhor: ficava tranqüilo, em paz com a minha consciência, e podia negociar com aquela mulher o que eu achava mais adequado. Afinal, ela era a minha opção de vida, não queria perdê-la e não seria por uma infantilidade que nem sequer se concretizara que eu iria arriscar meu equilíbrio emocional. E a situação duramente conquistada e estabelecida quase que por obra do acaso, mas que mostrara sua eficácia.

Tínhamos um bom arranjo. A casa era sólida, respeitável, eu tinha de onde tirar os recursos, Rosa podia manter seu *status* e administrar como bem quisesse a nossa vida em comum. Fazia seus contatos, comprava, gerenciava o abastecimento e levávamos adiante nosso matrimônio.

Não havia muitas queixas, a não ser pequenas observações sobre falta ou ausência de atenções, coisas miúdas, não decisivas. Geravam um pouco de nervosismo, mas eram questões menores. Pelo menos sob o meu ponto de vista. Talvez para Rosa tivessem outro peso, outro enfoque.

Teresa não se deu por achada e continuou freqüentando nossa casa, dando a impressão de que nada notara. Talvez não tivesse mesmo percebido nenhum esfriamento, ou imaginasse que se tratava de alguma estratégia de conquista de minha parte: o fato é que tratei de esvaziar minha receptividade. Baixei o nível do meu entusiasmo, deixando claro que eu era o dono da casa, Rosa minha esposa, e ela uma visitante muitas vezes incômoda ou pelo menos inoportuna.

Assim estavam colocadas as coisas, dávamos a impressão de haver solidificado um acordo de convivência apto pelo menos para dois integrantes do triângulo que ameaçava nossa estabilidade emocional, quando Teresa mostrou novamente toda a sua inconveniência ou sua infantil inconseqüência.

Já narrei aqui o quanto ela se havia divertido em nosso primeiro contato, quando ficou sabendo o meu nome. Pois jamais poderia adivinhar que ela usaria exatamente esta minha fraqueza para provocar uma ruptura no gelo que eu havia introduzido em nossas relações.

Fazendo-se de muda e divertida naquele dia, confesso, mais atraente do que nunca, tendo levantado os cabelos numa espécie de coque, minha vida pessoal quase sofreu um terremoto, ao cabo do qual não haveria reconstrução possível. Por si só a menina era um cataclismo e seu procedimento abalaria até os alicerces da Santa Madre Igreja, como fiz questão de dizer ao padre Godofredo, ao mesmo tempo que, para descontrair, fiz-lhe uma provocação:

— Então, caro padre Godofredo, acho que seu nome tem mil anos e tanto. Teus pais devem ter pensado assim, olhando a cara fininha e o olhar maroto: "Este leva jeito para a religião, na certa acabará bispo!" — e meteram-lhe este nome.

O pobre pároco ficou a me olhar com ar absorto, distante, como se tivesse levado uma pancada na cabeça.

— Godofredo de Bouillon, como vossa reverendíssima bem o sabe, foi um cruzado normando e acabou coroado como o primeiro rei de Jerusalém. Agora que estão a brigar como sempre no Oriente Médio, bem que vale lembrar-se dele.

Meticuloso mergulhei numa pesquisa num dicionário enciclopédico, com a dupla intenção de me munir de dados para provocar o padre e descobrir quem fora o tal tipo. Pois reinou 42 anos sobre Jerusalém, pode? — de 1058 a 1100. Era duque da Baixa Lorena e chefiou a Primeira Cruzada.

Toda esta erudição só para sacanear o padre! Mas foi o que fiz e derramei sobre ele esta baboseira, para que ele sentisse que não é fácil chamar-se Godofredo ou... Anacoluto, como era o meu caso.

O pobre sacerdote foi de uma candura angelical. Mostrou-se entusiasmado com a minha contribuição para elevar o seu ego e desde então passou a enunciar todas as sílabas do seu nome com maior ênfase ainda. "Prazer, padre Godofredo!", sem nenhum tropeço e não balbuciando como ele o fazia antes, a ponto de a maioria dos seus paroquianos o tratarem apenas por padre Fredo.

Para mim foi ótimo. Contei pontos junto ao amigo e ajudei a afrouxar a tensão em casa com o meu estratagema. Rosa achou tanta graça que parecia esquecida da vizinha perigosa e suas visitas intencionalmente cheirando a sexo e competição. Pelo menos em minha opinião, que farejava com grande alegria uma desaforada tentativa de me conquistar como homem e de forma muito especial como macho. Ali em nosso mundinho, repentinamente o tal Godofredo de Bouillon ganhou tanta notoriedade que passou a ser o assunto do dia, enquanto Teresa ia para o olvido, embora provisório.

Na solidão do quarto, na hora da sesta, me felicitei. Embora percebesse que havia atravessado a ponte da salvação no meu relacionamento com Rosa, não deixava de sentir que o meu curto e indômito membro se agitava no interior da cueca sempre que a competidora dela surgia em cena. Nada para concentrar minha atenção ou tirar-me do que o padre amigo chamaria de "bom caminho", mas, sem dúvida, algo provocativo e que me obrigava a retomar minha sensualidade.

Naquela tarde Rosa não veio para nosso ninho, distraiu-se tratando de questões na cozinha e eu acabei me satisfazendo sozinho, envergonhado por haver retomado um antigo hábito dos tempos de menino. Não era todos os dias que eu procurava o velho recurso da masturbação, o que me fazia relembrar a condenação a tais "atos terríveis", que eu ouvira do meu confessor nos tempos de colégio, mas era indiscutível que pelo menos momentaneamente resolvia meu problema. Dormi como um santo, abençoado pela inundação que me sujou a roupa de baixo. Fiquei duas horas enfiado no quarto, temendo que Rosa me procurasse, concluídas suas tarefas, em busca do cumprimento das chamadas "obrigações conjugais". Felizmente não apareceu e tampouco a ousada vizinha fez soar sua voz no pátio da casa. Era um domingo como os outros e o nosso cruzado dormia a sono pleno na sala de visitas, talvez sonhando com a pesada coroa de Jerusalém que seu ilustre homenageado carregara na cabeça por quase meio século.

Tenho certeza de que tudo isto aconteceu num dia 5 de maio, o que não tinha importância nenhuma, a não ser pela incrível coincidência de ser a data de nascimento do tal Godofredo de Bouillon.

À hora do chá, acrescentei este dado precioso à nossa conversa inútil de meio de tarde e para surpresa minha o padre mostrou-se ainda mais satisfeito. Ele interpretava todo este meu cinismo como pura homenagem a ele, o que, por conveniência, tratei de consagrar.

Assim o sábado perigoso em que Teresa quis avançar mais alguns passos, mostrando que viera para arrombar e não para ficar aguardando alguma migalha, foi definitivamente arquivado. A lembrança que ficou foi a de domingo, do cruzado Godofredo e da alegria do nosso amigo.

Serviu de tema para inúmeras conversações futuras e escudo protetor quando eu tentava sacudi-lo citando as posições da Igreja Católica, que, dizia eu sempre, "eram por demais tolerantes" com as agressões recíprocas que aconteciam entre palestinos e judeus.

— Aliás, desde os tempos bíblicos — dizia eu, levando adiante a provocação. Com sabedoria godofrediana o bom padre curvava-se e repetia pela enésima vez que os judeus voltaram do Egito uma vez há muitos séculos e continuam em busca da tal "Terra Prometida".

Tapei-me de novo com um albornoz imaginário e curvei-me com respeito, com a face hipoteticamente voltada para Meca. Mais uma provocaçãozinha, que apenas fez rir o padre e distrair-se com a minha idiotice.

XI

Tudo aquilo ajudou a desmanchar o clima de tensão estabelecido pelas investidas de Teresa, que talvez visse em mim a sua redenção econômica. Nem lhe passava pela cabeça alguma promoção social, mas por certo imaginava que vindo para minha cama levaria alguma vantagem imediata que a tiraria da miséria, ameaça permanente que a rondava. Talvez por isso até me achasse bonito, simpático, sei lá! Eu, já sem o, digamos, "divino tesouro" da juventude, tinha pouco a lhe oferecer, a não ser a carteira recheada com algumas pelegas, como chamávamos nós, no extremo Sul do Brasil, aquelas cédulas do nosso dinheiro.

"Que baita pelega, hein!" e pronto, estava alguém devidamente identificado como gaúcho, um habitante legítimo dos pampas. Ali em Pelotas era mais fácil encontrar um personagem típico assim, com as bombachas, camisa branca de mangas compridas com o lenço vermelho no pescoço, nos pés uma alpargata feita no Uruguai, cuia e bomba de chimarrão, chapéu de abas largas e falando alto e grosso. Um tipo desses não precisava falar para ser identificado como nascido por ali mesmo, por aqueles campos, talvez criado como agregado de algum criador de gado, que viera engrossar os deserdados que viviam na periferia das cidades. De vez em quando uma tarefa temporária lhe propiciava a chance de trabalhar numa marcação, aparte ou condução de tropa. Concluída a tarefa, trazia na guaiaca pendurada na cintura as belas "pelegas" que havia recebido do patrão eventual. Foi um gaúcho assim que veio acompanhando Teresa na visita seguinte que nos fez.

Pensei comigo que ela não tinha nenhuma noção, nem da conveniência de seus atos, nem da sua real condição de rudes maneiras. Era pura, infernalmente pura, não se envergonhava de nada, até porque não via nenhuma razão para constrangimento.

— Trouxe junto o compadre! — foi dizendo ela, enquanto invadia mais uma vez nossa privacidade, disposta a fazer-se notar de alguma maneira. Para ser polido, tanto quanto possível bem-educado, suportei a presença do seu amigo, lembrando que as tais "pilchas" se haviam transformado por lei estadual em roupa de festa. Eu é que não tinha bombachas, jamais as usaria, não me lembrava mais como era o trabalho do campo, que apenas espiara meia dúzia de vezes em companhia do meu pai.

Sentia-me bem assim, desfrutando as delícias do capital empregado nas vastas extensões de campo onde um hectare servia de morada para um boi que logo seria abatido e, logicamente, substituído. Nem era eu que cuidava disso, mas o meu meeiro, o sócio que me arrendava o campo e com quem eu repartia os lucros.

Teresa tinha o dom de irritar Rosa. Minha companheira, que sempre fora amável, paciente, tolerante, que via nos pobres a representação de "Jesus Cristo", que era capaz de suportar a ignorância e a natural falta de qualquer refinamento, com ela era implacável e até agressiva.

Isto não quer dizer que a outra se desse por vencida ou recuasse. Ao contrário, a hostilidade ostensiva de Rosa ajudava Teresa a ser mais insistente e insinuante. A idéia de trazer seu possível amigo ou companheiro, amante ou namorado, com suas bombachas, bigodão e o mate na mão, tinha a possível intenção de mostrar o quanto estava sendo sincera e que, afinal, não estava totalmente jogada ao abandono. Não havia como acusá-la de nada, mas a minha sorte é que Rosa não percebeu quando ela, propositadamente, roçou em mim no corredor. Fiquei de pau duro, é óbvio, afinal sou feito de carne, osso, mais alguma coisa. Fingi que não era comigo e por um momento temi o gauchão, que bem podia carregar uma "prateada" no meio daquela confusão de tecidos que eram suas largas bombachas.

Mas que era demais para uma tarde de domingo, lá isto era e nisso Rosa tinha razão. Não sei o que Teresa tinha visto em mim, se é que não era a possibilidade de melhorar economicamente, para esquecer seu amor-próprio e se submeter ao risco de confronto com a minha companheira.

Eu é que não tinha vergonha na cara, porque me deliciava com o possível ganho naquela concorrência de duas fêmeas que me disputavam, mesmo sendo eu um cinqüentão que já dera quase tudo na área sexual. Lembrei-me da noite em que fugi do "bom caminho" que me assinalava como recomendável o padre Godofredo e "fui às putas". Assombrado com o fato de que ainda existissem num mercado que perdiam claramente para as amadoras, fui atrás de profissionais do sexo, disposto a meterme na lama, afundar-me nas delícias do descompromisso. Pagando por isto, naturalmente.

Até que não me cobraram muito, confirmando a minha suspeição de que o terreno andava minado para a atividade. Porém, o que mais me assustou foi a constatação da minha pouca atração sexual. As meninas mais jovens, as que me interessavam, por quem sentia de fato interesse, fugiam, se escondiam, logo apareciam junto a companheiros quase imberbes. Nem me olhavam, e eu precisei usar de um artifício junto à dona da casa para obter o que estava buscando.

Paguei mais, prometi propinas, tudo em busca de uma moreninha de dezessete anos com uma lua pintada na testa que fizera pouco de mim quando a havia procurado diretamente, quando da minha chegada. A sra. Mônica, que usava este nome em homenagem à dona de um famoso cabaré da capital, marcou o encontro "lá em cima", ou seja, no quarto, onde fui arriscar minhas condições físicas e psíquicas numa tentativa de sucesso sexual regada a bom uísque e muitas "pelegas".

A "pombinha" chegou assustada. Tive que tranqüilizá-la e tentar estabelecer a relação com alguma demonstração de carinho. Que amor poderia haver naquele encontro arranjado? Que promessas fizera madame Mônica? Isso não sei, mas funcionaram.

A garota se chamava Suélen, um nome inventado por certo, mas que muito bem refletia sua doçura e, até diria eu, um certo amadorismo. Tal a forma como se entregaria enquanto eu exercitava corpo e espírito para não coroar minha visita ao prostíbulo com um fracasso histórico.

Mas este relativo sucesso consegui por meio do pagamento dos direitos de uso. Sem isso não teria obtido a companhia de uma garota tão jovem.

Não era o caso de Rosa, muito menos de Teresa, ambas com metade ou menos de minha idade e que no entanto me procuravam, deixando-me a ilusão de que eu ainda possuía atrativos suficientes para o sexo oposto. O que, na faixa etária que me interessava, não ocorria. Em qualquer ocasião social, ou caminhando na rua ou em locais de grande concentração, rodoviárias ou aeroportos, eu podia notar que não chamava a mínima atenção das mulheres jovens. Elas me olhavam e como que atravessavam o meu corpo. Não me viam. Enxergavam através de mim e, para me fazer notar, só se eu recorresse a algum estratagema, como tropeçar numa delas, o que, convenhamos, não significaria nenhum artifício romântico.

Tentei contar isto ao padre Godofredo e ele aproveitou para me dar um sermão sobre o pecado da luxúria e me chamar à responsabilidade de chefe de família. A razão estava toda com ele e eu não passava de um mísero pecador. Esta foi a minha reflexão, que não estava desligada da realidade. Mas que ninguém pense que o sexo não me saía da cabeça, porque isto só era em parte verdadeiro. Uma vez "aliviado" daquelas tensões todas, eu estava pronto para ser outra vez um bom marido e um correto companheiro. É certo que eu me recusava a usar preservativos, mas isto tinha a ver com a minha sexualidade, não com o temor ou não de contrair uma doença terrível. A lembrança das gonorréias da minha juventude nem sequer me amedrontava.

Eu sempre tive muitas coisas para me preocupar e de repente surgiu-me a idéia de que tinha de pensar nos outros, talvez uma influência de Rosa em meu comportamento. E foi assim que desenvolvi a idéia de criar um restaurante para fornecer alimentação a preços baixos. Deu-me um trabalho imenso, quer dizer, mais para a Rosa do que para mim mesmo, que teve de se desdobrar para executar o que eu pensava. Na verdade, nem saí de casa, só fiz o plano e pensamos em colocá-lo em funcionamento. Sugeri o aproveitamento de Teresa como cozinheira, porque ela mesma me dera a informação de que era ótima no fogão.

Rosa ficou indignada, mas adorou a idéia de botar a outra "no seu devido lugar" e só por isto levou adiante a minha proposta. Que, para meu espanto, foi imediatamente aceita.

Quando pensava eu em me tornar um benfeitor e assim distrair-me das confusões arranjadas pela minha fixação em sexo e a insolência da vizinha espevitada, acabei me complicando ainda mais. Se o tal restaurante viesse a funcionar, cada visita minha se transformaria numa crise conjugal. E Rosa? Iria afundar-se na tarefa de administrar, fazer as compras, orientar os empregados, admitir, demitir, organizar o funcionamento?

Recuei. Disse que não estava mais em tão boas condições financeiras como imaginava e consegui pelo menos adiar o projeto. Logo depois noticiou-se que em Porto Alegre surgira um empreendimento desses, chamavam de "Bandejão", e que os pobres, cada vez em maior número, acorriam em massa ao tal estabelecimento. Perdida a originalidade, desviou-se meu interesse e lembrei-me de que sempre poderia montar uma aula prática de futebol. Mas diante das ponderações de Rosa, de que iria preparar milhares de meninos para ganharem salário mínimo ou menos do que isto, que os craques seriam, com muita sorte, um ou dois, também esta proposição foi posta de lado.

Eis por que acabei me adaptando à condição de inútil e improdutivo, mero repassador de recursos.

Tive uma longa conversa com Rosa e com o padre. Ambos queriam saber o que é que me inquietava e por que desejava eu ingressar no mercado de trabalho, fosse como empreendedor ou empregado, uma vez que a minha situação, com o patrimônio acumulado e em idade de aposentadoria, parecia sólida, pelo menos fantasticamente melhor do que a da maioria da população.

Não soube ou não tive como responder.

XII

Ainda hoje me questiono se não teria sido melhor isto ou aquilo. A vida foi sendo levada do jeito que dava e de vez em quando expulsava do meu pensamento a idéia de que Rosa me enganava com o padre.

Ralhava comigo mesmo, dizendo:

— Isto é a tua falta de confiança nos outros. Não acreditas em ninguém. Só em ti mesmo. — A minha lucidez me traía. Achava que era isso mesmo, mas que seria indignidade segui-los ou tentar estabelecer um flagrante de alguma maneira.

Em vão tentara criar uma ocupação digna para mim mesmo, os empreendimentos foram rejeitados por Rosa, e eu me limitava, cada vez mais, à leitura dos jornais, algum programa de rádio ou TV e a rotina sensaborona de levantar, tomar café, andar um pouco, tomar um cafezinho com os amigos e retornar para o almoço. Dormir uma boa sesta, não fazer nada outra vez e assim dar cabo do dia.

No meio disso me interessei por uma senhora das redondezas, só porque descobri que o nome dela era Frahia, assim mesmo com F na frente e um H lá no meio, o que, para um Anacoluto como eu, sempre chamava a atenção.

Ainda me perguntei se não seria mais um episódio de repressão sexual que vinha à tona e se não estaria, nesse caso, na hora de liquidar minha relação com a Rosa. Estaria eu armando mais uma farsa? O nome esquisito de certa forma nos aproximava. Ora, que diabo quereria dizer Frahia? Fui para o dicionário de alemão e não encontrei nada, mas comecei a fazer deduções e pela pronúncia me aproximei de *"Freiheit"*, que é "liberdade", e indo adiante descobri *"freier"*, ou seja, "pretendente, amante". O padre Godofredo, que me emprestou o dicionário, pensou que eu havia enlouquecido. E hoje eu acho que sim, que eu havia enlouquecido. Caso contrário, por que ficaria a perseguir definições semânticas em alemão para justificar meu súbito interesse pela tal senhora, que aliás usava roupas fechadas, permitindo a ilusão romântica de que debaixo daquelas vestes havia um tesouro oculto?

Avancei e retrocedi como em todas as minhas questões. Fui longe demais e recuei inesperadamente. Ouvi compungido a lição de moral que o amigo Godofredo tinha mesmo que me dar e percebi que Rosa se dera conta do meu desvio de conduta e o súbito desinteresse por ela. Só que ela achou que ainda era a tal de Teresa que estava em meus pensamentos.

Pobre Rosa, nem imaginava que eu já andava até pesquisando a língua alemã, cinicamente em busca de uma interpretação para o misterioso nome que ocultaria uma atraente valquíria caída ali no bairro do Retiro, onde estávamos enfiados. Poderia ela descender das famílias alemãs que se haviam localizado em São Lourenço ou de qualquer ponto da Encosta da Serra, mas eu já ardia em desejo de encontrar-me com a tal sra. Frahia e tirar a limpo este e outros segredos dela. Inclusive mexer debaixo de suas pudicas saias, já ouvira dizer que as alemãs e as polacas, quando são "quentes", são incríveis. Seria uma bela aventura, e ainda por cima a tal de Frahia, com todas as atraentes insinuações do nome, me olhava firme quando nos cruzávamos na rua. Não restava dúvida de que ela estava querendo tirar a limpo aquele seu interesse, também demonstrado com desassombrados encaramentos, e só dependia de oportunidade. Que surgiu no centro de Pelotas. Poderia ter sido melhor em Porto Alegre ou Montevidéu, mas já que o acaso nos colocara frente a frente, ambos desacompanhados, era ali mesmo que teria que se resolver. Na arena da rua XV de Novembro, onde não faltaria um conhecido para dar o flagrante.

Pensei em fugir, fingir que não era comigo, mas ela foi muito mais decidida e impetuosa do que eu. Primeiro tratou-me por "senhor", o que me deixou desconcertado e desenxabido. Corrigi logo a forma de tratamento, alegando que assim eu parecia ter cem anos, e ela riu, com uns dentes brancos, um sorriso imaculado que derrubaria qualquer resquício de temor ou moralidade. Achei imediatamente que poderia arrastá-la para a cama. Era uma questão de dias e de estratégia. Ela não iria assim, na primeira, mesmo porque venderia caro sua virtude. No entanto, pareceu-me que estava "preparada", apta para receber o bote que eu dispararia assim que criasse a oportunidade.

Dessa vez eu seria um estrategista digno de Napoleão. Quando ela menos esperasse, meus exércitos derrotariam a Prússia e estaríamos em alvos lençóis de algum motel, desfrutando as delícias da liberdade sexual dos tempos modernos. Ou da falta de vergonha de ambos os partícipes da aventura.

No encontro casual no centro da cidade, não pensei em Rosa nem em Teresa, nem em coisa alguma, a não ser dar andamento aos meus planos de ataque sexual contra aquela alemã encorpada e falsamente virtuosa. Num instante estávamos conversando e rindo como velhos amigos, e sem molestá-la, nem sequer tocando-a no braço, coisa que eu estava louco para concretizar, levei-a para o interior de uma confeitaria.

Os proprietários, que estavam atrás do balcão com a caixa, me olharam com jeito cúmplice e imaginei que me conheciam e a ela também. Portanto, fingindo grande cerimônia e encenando um encontro entre conhecidos e talvez até, como éramos, vizinhos, encetamos uma conversação em voz tão baixa que às vezes nem eu mesmo ouvia direito o que ela dizia. Pedia-lhe que repetisse e assim ficou a impressão para ela de que o "seu Anacoluto" aqui era meio surdo.

E ousado, porque passei-lhe descaradamente a mão pelas costas, quando fui ajudá-la a sentar, e na saída cada um foi para seu lado, mas tomei a iniciativa dos tais beijinhos brasileiros que fazem a delícia dos visitantes europeus.

Num deles, na face esquerda, demorei-me uma fração de segundo a mais do que o necessário, para mandar-lhe o recado explícito de que ela me interessava sexualmente. Na verdade, colei meus lábios em sua face levemente suada pelo nervosismo. Também num relance ela me olhou com seus faróis azuis e eu me senti em plena Walhala. "Esta não me escapa", pensei. "Está fisgada!"

Demorei-me o que foi possível no centro, fazendo coisas desnecessárias e caminhando a esmo, entrei num café para fazer hora e só depois disso tudo é que me dispus a voltar para casa.

Curioso é que apenas botei o pé dentro do vestíbulo, Rosa me abriu a porta e com um sorriso encantador me perguntou onde andara. Balbuciei uma explicação e ela atirou para matar:

— Correndo atrás de algum rabo-de-saia?

Tentei escapar da armadilha, mas ela se fez irônica e rapidamente me sitiou, obrigando-me a inventar histórias inúteis e sem sentido que só me encaminhavam, cada vez mais, para uma ratoeira.

A salvação, naquele dia, veio pelo telefone.

XIII

No primeiro instante, quando a campainha soou, suei frio, pensando que a desgraçada da alemã havia descoberto meu número e estava fazendo uma sondagem. Mas não, era o admirável padre Godofredo, que queria jogar uma partida de xadrez e beber algum vinho do Porto em nossa companhia.

Assenti logo, estava louco que o padre chegasse imediatamente para acabar com o risco que eu corria.

Entre o telefonema e a sua chegada, refugiei-me no banheiro e no escritório, fingindo ocupações que não tinha, para fugir ao contato com a Rosa e me refazer do susto por causa da minha infantilidade de sair por aí a "caçar alemoas".

Naqueles momentos, refleti sobre minha vida e a minha volubilidade, a escassa seriedade dos meus propósitos, a fixação sexual, os desejos juvenis irrealizados, a falta de respeito para com Rosa. Prometi emendar-me e jurei que a faria feliz e nunca mais repetiria atitudes tão descabidas como aquela que me levara a arriscar meu nome e meu prestígio na cidade e o nome dela e a sua honra sentando em confeitarias e acompanhando frivolamente vizinhas desfrutáveis.

Quando o padre chegou, sentamo-nos, e, enquanto ele praticava com a simplicidade costumeira uma "abertura Ruy Lopes", empinei dois ou três cálices de vinho e encetei precipitadamente uma confissão. Ele me fez um sinal com a mão, como que afastando meus pensamentos, e mostrou-me o breviário que carregava naquele dia.

— Quem sabe a gente conversa mais tarde?

Mas, ao perceber minha perturbação, fez um lance ousado com o cavalo no 6 da dama e, abocanhando meu bispo distraído, derrubou o cálice de vinho. Num instante refez-se e me obrigou a ser gente.

Quando hoje me perguntam como foi que me endireitei na vida, respondo que devo tudo a um padre católico, um bispo e um cavalo...

Se me pedem explico, mas foi de fato naquela jogada, que me derrotaria no xadrez, que percebi como eu andava equivocado, mais uma vez. Quando Rosa entrou na sala, eu a vi com um halo de santa ou rainha, sei lá. Ela é que não percebeu minha súbita mudança e chegou a me empurrar levemente, procurando reconduzir-me ao estágio anterior.

Mas eu já estava lá adiante, discutindo teoria religiosa com o padre Godofredo e feliz pela sua companhia e sua sabedoria.

Tirei a tal de Frahia da cabeça e fiz a solene promessa de que nada mais empanaria o brilhante futuro que imaginava para nós dois, eu e Rosa, a indomável filha do sr. Pigafé.

O que eu não esperava é que tão distante pai retomasse a ação e atravessasse outra vez nosso caminho, muito menos naquele momento.

O inteligente padre que me derrotou no xadrez procurou encaminhar-me no sentido de compreender toda a minha estapafúrdia atuação. Demonstrou-me, com precisa didática, utilizando o florete da sua dialética, que eu era impuro e precisava fazer penitência para libertar-me. Isso não adiantaria, mas em todo caso Deus era misericordioso e me propiciava a oportunidade de salvação.

Rezei. Até isso fiz. Reaprendi num instante, de uma hora para outra retomei minhas lembranças da infância e apostei todas as fichas na minha recuperação, que significaria a manutenção de Rosa.

O telefonema seguinte foi massacrante. Estava escrito que o dia não terminaria assim, com a simples vitória de um lado ou com a poupança da vida e da alma dos vencidos...

Era o pai. Nunca pensei que o sr. Pigafé fosse tão vingativo e muito menos imaginei que ele pudesse ser tão cruel e implacável. Minto. Na verdade era assim que eu o desenhava. Um pouco para chefe da Máfia, um pouco para coronel tradicional. Talvez eu o pensasse mais justo, pelo menos equilibrado, embora severo.

Ele perpetrou alguma maldade, nisso era mestre, pois o rosto de Rosa mudou na hora. A menina empalideceu e quase deixou cair o fone. O mal estava feito, eu não podia intervir, nem sabia o que se passara ou o que fora dito. Percebi apenas que ela foi ficando desanimada, respondia por monossílabos, não havia nenhuma alegria naquele contato entre pai e filha, tão sonhado por ela, mas que se produzia assim em meio a enorme decepção, pelo que eu, de fora, podia perceber. O padre Godofredo já se retirara, estávamos sós, outra vez tentando reatar, estabelecer pontes, abolir os silêncios, buscar um entendimento. O telefone soara, houve uma interrupção, ficamos em suspenso, ela atendeu e o resultado era o que eu podia ver em seu rosto.

Aguardei, apenas, não disse nada.

Vagarosamente, Rosa sentou-se ao meu lado. De propósito não a estimulei a falar, preferi ficar aguardando que ela reunisse forças.

No final das contas, não parecia um drama assim tão grande, mas percebi que estava equivocado, logo quando ela tentou narrar-me o telefonema.

Ela tremia toda, os lábios não conseguiam articular direito as palavras que, aos borbotões, afluíam ao seu cérebro. Ela queria me contar o que ocorrera, reproduzir o telefonema do pai e as conseqüências que adviriam para nossa vidinha pacata e organizada, mas não o conseguia.

Ajeitou o vestidinho como se fosse uma adolescente, reclinou a cabeça em meu ombro, as lágrimas correram pela face, ela agitou-se, tentou recompor-se, mas seguiu se liberando sem controle. De quando em quando dizia uma frase entrecortada, sacudia os ombros, estremecia e recomeçava a tentativa de falar. Eu, nada entendia. Achei melhor manter-me em silêncio, esperar para ver, aguardar que ela chegasse até o fim e então, superada a emoção maior, me contar com clareza o que se passara.

Olhei-a e senti pena daquela garota tão jovem, envolvida com alguém já na metade ou mais da jornada como eu, duro e insensível, acostumado a tantas reviravoltas da vida que já pouca coisa me surpreendia ou espantava. Senti carinho por ela, curvei-me, beijei-a nas faces molhadas, alisei-lhe os cabelos e cinicamente dizia para mim mesmo: "É o mínimo que posso fazer. Vamos ver se consigo acalmá-la, não posso perder esta guria, ela no mínimo é a melhor companhia que posso arranjar. Depois, foi um longo investimento, tantos anos já." Tudo isso ia me passando pela cabeça enquanto eu tentava pôr fim à sua perturbação. Confesso que me achei indigno. Mas ao mesmo tempo tentei aliviar meu autojulgamento, lembrando que eu a acolhera, que eu a acompanhara, alimentara, cuidara dela e não pedira nada em troca.

Senti-me aliviado e absolvido, enquanto isso ela ia se tranqüilizando, cessavam aos poucos os soluços e a agitação.

Pedi-lhe que me contasse o que o pai dissera ao telefone e como resposta lhe veio outra crise de choro. Resolvi deixar por isso mesmo e adiar a confissão. Que ela a fizesse quando tivesse melhores condições.

Aos poucos a outrora invejada e rica Rosa Pigafé aninhou-se em meu colo e adormeceu. Pensei nos poderes e na riqueza dela e da família, do abandono a que o pai a relegara depois de esquecê-la sob meus cuidados e dos seus repentinos reaparecimentos, quase sempre desastrosos para o estado anímico da garota.

Prometi resgatar minha falta de caráter cuidando dela até o fim dos meus dias. Alcei os olhos em busca de alguma imagem sagrada que abençoasse minha resolução, e pela primeira vez lamentei a ausência do padre Godofredo. Seria uma boa oportunidade para fingirmos um enlace matrimonial ou qualquer coisa que merecesse a bênção dele e da Santa Madre Igreja. A noite já ia em meio, coloquei Rosa no leito, em nossa enorme cama matrimonial, e me preparei para a vigília. Vesti um roupão e apanhei um bom livro, lembro-me bem, um livro que eu achava enorme e chato, o *Baudolino*, de Umberto Eco. Eu já dormira com *O nome da rosa*, esse então, ainda mais esotérico e que me deixara meio confuso, seria o narcótico ideal. E foi. Melhor soporífero não poderia ter arranjado. Dormi eu e, quando acordei, Rosa havia muito deixara o leito e se entregara às tarefas da casa. Pelo menos estava mais calma e talvez fosse a hora da grande revelação. Fortaleci meu espírito com uma boa dose de uísque e aproximei-me sem medo nem precauções.

Mas ela estava muito ocupada para me dar atenção. Caminhava agitadamente por dentro de casa, organizava coisas na sala, cozinhava, dirigia-se ao quarto, voltava, ia até a despensa, de vez em quando dizia alguma coisa sem sentido, coisas assim como "você sabe o que é estrefossimbolia" — ela pegara o vezo, comigo, de ir ao dicionário e decorar palavras e expressões esquisitas ou de uso restrito para surpreender os outros.

"Vai ser uma longa noite!", imaginei. Não havíamos feito uma refeição e ela, de repente, me perguntou se eu queria comer alguma coisa ou se me contentaria com meia dúzia de bolachas. A perturbação do dia me atingira de tal forma que nem fome eu tinha. Só ansiava agora era pela explicação do episódio do telefonema, que ainda permanecia em segredo.

Sentamo-nos um defronte ao outro na mesinha da copa. Pratinhos, talheres, copos, tudo muito simples como em qualquer casa da pequena burguesia, imaginei, logo me policiando sobre o uso dessa expressão: "Ainda estaria em voga? Parece coisa de romance francês do século XIX..."

Em todo caso eu sabia a que me referia. Ali estavam os pratinhos modestos, de louça branca, os talheres vulgares do dia-a-dia, copos de vidro, uma garrafa de refrigerante e uma cerveja em lata. Poderíamos começar a conversar. Motivo havia de sobra, pretexto para iniciar, também.

Rosa Pigafé tinha os olhos amaciados por uma leve bruma.

Era algo assim como uma misteriosa nuvem que toldasse sua visão, sempre tão retilínea através dos olhos claros. Primeiro prometeu que não choraria mais e pediu desculpas pelo episódio. Disse-lhe, é claro, que não havia necessidade de cerimônias e que era natural que ela, abalada com alguma coisa, desse vazão às suas emoções.

— Mas o que foi? Conte! — insisti.

— Pois sabes, meu pai não tem sido um bom pai, um atento companheiro da filha, desde que me afastei de sua casa e fiz esta opção — e dizendo isto abarcou com um olhar circular nossa sala, eu próprio e nossa residência. — De certa forma também eu o abandonei. É uma coisa que tinha de fazer e fiz. Quando meu... marido, digo, sim, marido me abandonou, fiquei desarvorada e no primeiro momento me refugiei no colo do pai. Ele, sempre um homem durão e distante, ouviu-me com atenção mas de certa forma me censurou, achando que eu, como mulher, deveria ter me submetido e suportado os desencontros, enfrentado a situação, permanecido no lar. Disse-lhe que nunca esperasse de mim tal comportamento. E um dia, você é a melhor testemunha, fiz a minha opção, depois de haver passado aquele período escondida aqui em sua casa, por própria decisão e determinação do meu pai. Você sabe como é o sr. Pigafé, ele não está habituado a ser posto em dúvida e, muito menos, contrariado. Nunca me perdoou, evidentemente, o gesto de independência e só estava esperando uma oportunidade para pôr em ação o seu gosto pelo poder. Nem sei como não tomou antes outras represálias.

Olheia-a bem no fundo dos olhos e disse o que me competia:

— Você aqui não é uma escrava, não perdeu sua independência e está aqui por sua espontânea vontade. — Aqui ela tentou me cortar, mas elevei a voz e concluí: — O que não quer dizer que não possas te arrepender e mudar de idéia. Mas eu te protegeria sempre, mesmo contra teu pai!

— Sei disso — contestou. — Mas ele exagerou, passou da conta. Ontem, quando atendi o telefone, não imaginei que fosse ele mesmo no aparelho. Falou duro, foi direto, apenas disse meia dúzia de coisas que estavam talvez trancadas em sua garganta e que nem interessam mais, no entanto foi objetivo em sua ordem. Imagino que ele pense que será cumprida. Ele me disse: "Tua mãe, de quem herdaste a mania de emancipação, está indo morar contigo. Não a quero mais ver."

Interrompi, sem pensar em outra coisa:

— Ora, Rosa, se isto é que tanto te afligiu, esquece. Tua mãe será bem-vinda aqui, não importa o que pense ou diga o sr. Pigafé. Pense nisso. Ligue imediatamente para dizer que ela venha logo.

— Mas não é só isso — prosseguiu —, meu pai disse que eu e minha mãe somos putas, nada mais do que isto.

Diante de mim, desenhado como se fosse no espaço, o sr. Pigafé aparecia-me como um característico senhor de estância, um patrão, um paternalista, um machão gaúcho, um coronel. Uma atitude daquelas, com as palavras que usara, assentava-lhe perfeitamente. Não quis dizer isso a Rosa, ela não o entenderia e talvez achasse minha reação muito modesta. Ou então, de repente, ofensiva a seu pai. Com minhas opiniões e emoções misturadas, não sabia como reagir. Afinal, por que o pai as classificava, a ela, minha querida e respeitável, inatacável eu diria, Rosa, uma puta, e ainda mais sua mãe, de quem ouvira poucas, pouquíssimas referências durante nossa vida em comum, escassas visitas, raríssimos diálogos e nenhuma suspeita de comportamento duvidoso ou condenável, fosse qual fosse o ângulo ou ponto de vista?

Puta por quê?

Imaginei o quanto deveria ter sido difícil a convivência da minha jovem companheira com aquele pai terrífico, um homem sem nervos, emoções, sentimentos, capaz de punir uma filha já distante que lhe escapara ao controle e uma companheira de tantos anos. Quantos? Sei lá, trinta, quarenta, cinqüenta.

— E mandou que ela viesse morar conosco.

A nova frase me pegou ainda mais despreparado, nem suspeitava eu que pudesse ter tido este desdobramento, nem imaginei o que isto significaria.

Tive a reação que me cabia, como cavalheiro cortês ou algo do gênero. O que diria eu?

— Ora, minha querida Rosa, tua mãe será sempre bem-vinda aqui. Podemos ajeitar aquele quarto em que você morava no início, não há nenhum problema!

— Mas você não compreende — explodiu ela em meio ao novo pranto — o quanto isto significa para ela de punição, de condenação, de ingratidão do meu pai!

Claro que eu podia imaginar. Minha resposta não poderia ter sido outra, embora eu reconhecesse que, no fundo, fora uma bela vingança daquele tirano, pois me mandava sua sobra, o que considerava agora dispensável em meio a seu fantástico egoísmo. E como ele a tinha usado! Como era mesmo o nome dela? Pois que viesse, eu mostraria ao ricaço como se trata as pessoas.

XIV

Dona Maria Margarida chegou logo. Na verdade, viajou no mesmo dia e passou a primeira noite fora, já em nossa casa. Foi uma festa, desdobrei-me para que ela fosse logo estabelecendo em seu pensamento a diferença entre mim, o cavalheiro sem mácula, e o seu "defunto" marido, pois não víamos retorno possível, nem eu nem Rosa, o arrogante e cruel déspota que a escravizara a ponto de as pessoas a conhecerem como "sra. Pigafé", assim como a filha, pensei comigo, fora a "srta. Pigafé" e de certa forma continuava sendo, e não com seus nomes próprios.

Pelo menos os almoços dominicais seriam mais animados, pensei eu, pois além do padre Godofredo teríamos agora a prezada sra. Maria Margarida. Perguntei-lhe se jogava xadrez, se aceitava um aperitivo, se bebia vinho, ela não fazia nada disso. Só rezava.

Bem, pensei, será uma boa companhia para o sacerdote.

Os primeiros dias de sua presença significaram naturalmente um permanente diálogo entre ela e a filha. Rosa continuava muito chorosa, agora um pouco mais consolada, perturbada com as histórias terríveis sobre a mesquinharia do sr. Pigafé, relatadas por sua mãe, e ela mesma transformada numa estátua de músculos e nervos, sem muito tempo ou disposição para o sexo. Eu já ardia de desejo, talvez até motivado pela aparente proibição ou suspensão das atividades provocada pela presença de dona Maria Margarida. Temia-se que ela irrompesse quarto adentro, e pelo tipo de pessoa que era isto não era de todo inimaginável.

Trancar a porta, providência tão simples, não me atrevia a tomar, com medo de que Rosa interpretasse como uma outra forma de exercício do poder.

Eu nunca havia convivido com uma senhora de certa idade, digamos assim, embora nem fosse tanta, mas que indiscutivelmente representava outra geração e pensava de maneira diversa, apreciava tanto virtudes antigas, superadas, em desuso. Não que estivesse errada, mas em certos momentos seu comportamento soava anacrônico, e suas idéias, ultrapassadas.

Além disso, precisava tomar certos cuidados dentro de casa. Aparecer sempre vestido, não me descuidar em nenhum momento, muito menos em trânsito para o banheiro, enfim, um limitador a mais, um pequeno problema constante de policiamento próprio. Não me queixei, apenas agi. Por Rosa, que ela o merecia, embora confesse que o perfume adocicado de Teresa me fazia encher as narinas sempre que a vizinha desembestava nossa casa adentro, sacudindo a tranqüilidade dos moradores e perturbando a todos, cada um à sua maneira.

Rosa, irritada com a insistência de Teresa e a descarada intimidade que tomava com todos. Dona Maria Margarida achando tudo muito engraçado e se deliciando a trocar receitas de remédios para achaques com a louquinha da esquina. E eu, disfarçando meu pênis intumescido, arriscando passeios inesperados pelo interior da casa, pronto para me chocar por acaso em algum ponto de confluência, guiando-me pelo som levemente desafinado da sua voz, também picante e excitante a partir da minha predisposição.

É claro que ela não mais se atreveu a trazer consigo o seu bigodudo, mas isso nos propiciava a oportunidade de perguntar por ele, cada um com suas intenções e a mãe de Rosa sem nada entender daquele jogo duplo. Eu, esperançoso que ela me acenasse com a resposta, uma informação sobre o rompimento ou a possibilidade de um encontro fora dos nossos muros. Rosa, para ridicularizá-la e forçar uma tomada de posição em sua, imagino, "classe social". Teresa, sem se dar por achada, tagarelava e certa vez chegou até a arriscar intimidades.

Lembro que Rosa a deixou a sós com a cozinheira e saiu batendo a porta. Olhou-me interrogativamente e eu perguntei-lhe se queria expulsar Teresa.

— E você não vai ficar triste sem a sua queridinha? — Desconsiderei a provocação, dando a Rosa o benefício da sua dúvida com relação a mim como conseqüência de um compreensível ciúme e alertei-a:

— A dona da casa é você. Estabeleça as regras.

Não me importava abrir mão de sua presença. De fato, seria um elemento complicador a menos e ajudaria a trazer tranqüilidade para nosso conturbado casamento, afetado pela inesperada chegada da sogra. Nunca me passou pela cabeça que as historinhas de sogra e genro fossem verdadeiras, mas também, confesso, eu era inexperiente no ramo. Quanto ao que começava a me ocorrer, tudo era novidade. Havia uma inegável desestabilização, eu, Rosa e a própria sra. Maria Margarida andávamos atentos, preocupados em não magoar ninguém, nada de conflitos, e tudo o que fosse feito para serenar os ânimos e aliviar as tensões era bem-vindo.

Tornei-me religioso, para surpresa do padre Godofredo, que, no primeiro domingo de almoço, sesta e chá da tarde, atordoou-se com uma inesperada citação da Bíblia que pesquisei secretamente em minha biblioteca.

Querendo demonstrar minha nova atitude de colaboração com todos, que se poderia denunciar como esperteza de sobrevivência, larguei em meio à conversa a seguinte frase: "Deus resiste aos soberbos, mas concede a graça aos humildes!"

O padre assustou-se, olhou-me diretamente, depois desviou os olhos, ficou balançando a cabeça, enquanto eu procurava justificar minha inesperada expressão de santidade, dando andamento aos argumentos que embasavam a referência ao texto bíblico que abalara o ambiente.

— Ah é? — disse o sacerdote, enquanto eu retomava a palavra para continuar minha explicação.

Na certa não seria eu o "humilde" cristão que se propunha a aguardar as benesses do Altíssimo. Bem o sabia o padre, por conhecer-me. Minha nova atitude só poderia espantá-lo, mas foi assim que agi e me dispus a aprofundar meus estudos para chocar ainda mais meus parentes e amigos.

Rosa, ou enterneceu-se efetivamente ou soube disfarçar tão bem a sua desconfiança que me apoiou como se eu fosse o santo homem que começara a me apregoar. Tudo poderia ter o objetivo de melhorar o ambiente interno e salvar a convivência. Eu também estava sinceramente disposto a isto.

Lembrei meus tempos de menino, quando, levado pelo sincero temor ao Inferno, descrito em cores tão vívidas pelo pároco que rezava a missa no colégio, fazia as maiores promessas de emendar-me, ter um santo comportamento, deixar de nutrir desejos pelas meninas e abandonar de vez a masturbação, que, sabia eu, dito por ele, claro, poderia me levar à tuberculose, pelo enfraquecimento geral que me traria.

Arrependido, pensava em seguir a carreira de padre, se desse no jeito. Depois esqueci pelo caminho meus "santos propósitos". Relembrava aqueles momentos distantes quase meio século, na penumbra do meu gabinete, com a Bíblia aberta sobre a mesa, sem pejo de escondê-la, pois até desejava que Rosa viesse até a sala e me encontrasse em tão séria leitura. Pesquisava mais uma frase de efeito para o almoço de domingo, como se selecionasse um bom vinho para acompanhar nossa refeição. Na verdade, tratava das duas coisas.

Escolhi um bom italiano, nada de sofisticação, mas desses mais populares que trazem o selo de origem como um anúncio facilmente compreensível pelos consumidores: um Chianti.

Munido da nova frase e do vinho estava pronto para o almoço de domingo. Teresa, embora sem uma interdição explícita, não vinha mais com tanta freqüência. Dona Maria Margarida aparecia só nas horas de refeições ou quando Rosa saía para missa ou compras. No mais, permanecia no quarto que lhe fora destinado, fazendo não sei o quê. Rezando, imagino, ou dormindo.

Quanto a mim, era manter a rotina. Uma caminhada de vez em quando, para não perder o necessário *"habeas corpus"* quando quisesse sair, a ida ao centro da cidade para o encontro com os amigos na hora do cafezinho, o almoço dominical com a presença do amigo padre e pouco mais. Não tínhamos atividade social, eu e Rosa, e cada vez menores eram os nossos contatos na rua, com a presença da sogra dentro de casa.

Na verdade, eu estava considerando aquilo uma espécie de pausa para respiração, um interregno. Não queria que nossa vida se transformasse naquela chatice para todo o sempre. Mesmo na hora do ato sexual, cuja assiduidade diminuiu dramaticamente, Rosa me fazia sinais de silêncio e procurava mesmo comportar-se com mais discrição. Não ríamos em voz alta, a alegria fora expurgada da nossa convivência. Tudo para não perturbar os demais, leia-se, dona Maria Margarida.

Não me faltava muito mesmo para me transformar num santarrão, um desses devotos que acompanham missa e procissão. Padre Godofredo, no entanto, não se deixava enganar. Acompanhava meu desempenho e sorria com satisfação, mas com alguma ironia. Perguntei-lhe um dia:

— Não está gostando do novo cristão?

Não, não estava. Achava que aquilo era postiço e tinha razão. Não era nenhum ignorante e não era "pago" para fingir. Inteligente, informado, moderno, sem batina com cheiro de naftalina e com as idéias convenientemente espanadas, o padre era um amigo e, esclarecido como era, não podia fingir-se ignorante.

Mas Deus, "se é que existe" — como eu costumava dizer até para provocá-lo —, resolveu interferir, aprofundando nossos problemas.

Costumo dizer que Ele age assim para testar as pessoas. Certo ou errado, fruto do acaso ou resultado de procedimentos equivocados ou até de insondáveis efeitos transmitidos pelo DNA, de repente nos defrontamos com algo maior do que nós. Como agir? Como administrar a questão?

XV

Foi com este pensamento na cabeça que saí da mesa do almoço do dia 22 de junho, lembro-me da data por causa do vencimento de uma conta importante. Era uma parcela da compra de um novo carro. Não senti nada quando saí dirigindo-o, mas que dava para ver o brilho de admiração nos olhos dos conhecidos, isto dava. Rosa fazia o sinal-da-cruz e dizia: "Que Deus afaste a inveja!" Era um belo automóvel, também não se tratava de nenhum Mercedes-Benz ou algo da mesma categoria, mas era um carro digno mesmo de causar inveja... E como! Ao mesmo tempo, espantava-me que as pessoas não se sentissem agredidas. Afinal, na superfície brilhante do capô, refletia-se por vezes a aparência humilde dos passantes. Alguns até se voltavam, o carro chamava mesmo a atenção. Pensei comigo, não comentei com Rosa: "Deveríamos ter comprado algo mais modesto!"

Convidamos dona Maria Margarida para sair conosco, estávamos legitimamente orgulhosos da compra que havíamos feito, e foi então que notei por um momento uma curiosa falha, um lapso de memória, justamente com relação a mim. Ela quis ser amável e foi dizer-me "seu..." e não se lembrou do meu bizarro Anacoluto. Rosa é que foi em socorro da mãe:

— Anacoluto, mãe!

As duas riram um pouco, excitadas por certo com a perspectiva do passeio no automóvel novo, mais por isso do que pelo meu esquisito nome. Mas sei que dona Maria Margarida ficou com alguma preocupação pelo seu esquecimento momentâneo. Ninguém gosta disso, ainda mais em certa idade. Quando você tem quinze anos, esquecer o nome de alguém ou de algo fica até divertido ou engraçado. Não é o caso, porém, quando você já passou dos cinqüenta ou dos sessenta. O primeiro temor, pelo menos para quem está bem informado, é que seja o sintoma de alguma doença, principalmente daquelas que, para exorcizá-las, não se costuma pronunciar o nome. Se alguém está com câncer, por exemplo, isto é dito baixinho ou não é referido. Mal de Parkinson, ou Alzheimer, ainda mais.

Saímos sem destino, mas nos encaminhamos automaticamente à praia do Laranjal. Andamos por lá, pela beira da lagoa, e retornamos quando entendemos que já era hora. Foi uma jornada muito alegre, muitos risos, satisfeitos, comentei que a compra tinha sido boa, era um bom produto, e voltamos ao anoitecer.

— Estou louco para mostrar o carro ao padre Godofredo, mas ainda teremos que esperar pelo domingo.

Dona Maria Margarida nada me falou sobre o esquecimento do meu nome ou qualquer preocupação que tenha tido. Eu é que achei que ela tinha se perturbado. Em todo caso, sempre alimentei o temor de adoecer de uma dessas malditas enfermidades que incapacitam a pessoa. Tive um amigo que sofreu de um reumatismo progressivo que lhe impedia de vestir o casaco. Muitas vezes me chamou para ajudá-lo e, se é verdade que me senti honrado com a confiança e o pedido de socorro, também me deixei abater por aquela deficiência destruidora. No caso da minha sogra, tendo ela vindo morar em nossa casa, qualquer problema seria desestabilizador. Mas Rosa tratou de descartar males maiores e me tranqüilizar, tanto quanto possível.

Foi com essas sensações díspares que parei o carro diante de nossa garagem, e as duas, alegres, desceram rindo alto, enquanto acionavam o portão. Encaminhei a viatura até seu local adequado e desembarquei, ainda com a fronte vincada pela preocupação, tenho certeza. Mas disfarçava bem.

Continuava com a determinação de mostrar o novo veículo ao padre Godofredo e logo me encaminhei ao telefone para conversar com ele.

De passagem, ouvi que Rosa conversava baixo e em tom preocupado com sua mãe.

— Você já teve outros esquecimentos assim? — foi a frase de Rosa que pilhei, mas não ouvi a resposta. Tive que me dirigir à saleta onde estava o aparelho e não podia fingir nada, ansioso no entanto que estava por me ver a sós com a minha mulher e indagar a fundo sobre a preocupação dela. E minha, a partir de então.

Naquele momento nada me distrairia. Perdi até a motivação para falar com o padre, esqueci o tom de brincadeira que pretendia dar ao telefonema. Como fazer? Deixei o tempo passar e me esqueci do número do padre.

Bem, agora estava eu diante de uma questão muito semelhante à que afetou a mãe de Rosa. Se ela, de repente, não achou meu nome em sua memória imediata, eu não encontrava o telefone do amigo.

Tentei uma associação de idéias, pensei em tudo menos no que buscava, brinquei comigo mesmo me proibindo de pensar em "elefante" nos próximos sessenta segundos e acabei indo procurar na agenda, para não perder mais tempo e não me martirizar.

Quem lê ou me ouve não sabe a extensão do drama. Só quem já passou por isto.

Lá estava o número bendito. Disquei-o com dedos trêmulos, apressado pela emoção e pela tensão. Estava arrasado. Mais por mim do que pela mãe de Rosa, mas preocupado com os dois episódios. Tentei tranqüilizar-me falando alto comigo mesmo: "Não, é apenas tensão, estresse, adrenalina gasta."

Como poderia esquecer o número que mais discava?

Procurei afastar o problema, apertei as teclas adequadas e fiquei esperando a voz do amigo do outro lado da linha.

O alô me soou familiar, o que me fez entrar na realidade.

— Sim, amigo, pois não é que senti falta do nosso diálogo dos domingos? Onde anda você?

E aquilo era apenas um preâmbulo, uma frase que possibilitaria, se o amigo quisesse, iniciar uma conversa. Eu havia recorrido a ele só para me proteger, buscando um socorro, um apoio. De fato, ser pilhado num ato que revelava mau estado de saúde me soava, àquela altura da vida, como um tropeço difícil de recuperar. Nada fácil. Procurei lembrar-me de como as coisas haviam se passado. Tínhamos comprado um carro novo e uma espécie de ânsia juvenil tomou conta de nós, eu e Rosa, queríamos mostrar aquele objeto de consumo, que tanta satisfação nos dava, aos amigos e conhecidos. Povoamos o carro, nós e a mãe dela, e saímos pelos caminhos mais conhecidos da cidade. Vagarosamente contornamos a quadra e quando, infantilmente, nos demos por satisfeitos, fomos dar uma volta, pensando em encontrar algum conhecido. Se um psiquiatra me fizesse sentar em seu consultório, talvez eu não quisesse contar com tanta animação o que sucedera ou até não encontrasse as frases adequadas. Fora um impulso. Saímos.

No decorrer da tal volta de apresentação é que se deu o inesperado incidente com minha sogra. Para mim, algo de intolerável. Ela esqueceu meu nome. No princípio fingi que estava de fato preocupado com a saúde dela. Depois me dei conta de que o mais grave para mim era o meu nome ter sido esquecido. Não comentei sobre isso, mas quando voltamos à casa, produziu-se a vingança de Deus ou dos deuses, seja lá como for. Eu é que tive um esquecimento, e, no caso, de um número de telefone, e o mais usado.

Se pensei, sinceramente, que ela estava se encaminhando para uma crise que a levaria a descobrir que sofria do mal de Alzheimer, comigo não se deu nada diferente. Também eu, assustado, entrei em pânico.

XVI

Dizem que é justamente assim que começa. Você esquece um nome hoje, um número amanhã, pequenas falhas aparentes que vão se tornando corriqueiras. Daqui a pouco, habituais. Decidi que, se o caso se repetisse comigo, iria logo procurar um médico e, para ser amável com Rosa, lembrei-me de sugerir o mesmo com relação a sua mãe. Precisava encontrar um motivo, porém, uma boa oportunidade, ou poderia produzir um efeito contrário. O certo seria ir logo a um especialista, mas primeiro era preciso confirmar que as falhas de memória não haviam sido apenas ocasionais, fruto do cansaço ou da falta de atenção.

Passei a observar-me e, para ser mais efetivo, sempre que podia me sentava a resolver palavras cruzadas. Os pequenos testes que se propunham deveriam ser resolvidos com facilidade permanente. Sim, eu sabia muito bem que determinadas palavras só se usam nos almanaques de cruzadas...

Este já seria outro desafio.

Assim, aos poucos, além do treinamento, me servia de mote para bons bate-papos com Rosa, sempre de olho em dona Maria Margarida. Ela até que ajudava, trocávamos informações, debatíamos certas questões, eu atento para ver se pilhava alguma outra derrapada ou qualquer buraco na memória da grande dama. Não sei se o fazia por amor a Rosa ou por medo de que a velhice precoce me atingisse antes do que a ela, ou as duas coisas juntas, ou, ainda pior, por vaidade pura.

Digamos que o tempo escorria sem que nada de útil se produzisse. Sobrevivia-se. Com muita calma eu ia levando minha administração particular. Sem muitos mistérios, havia uma entrada de dinheiro permanente, aos poucos eu diversificara as aplicações em imóveis na cidade, poupanças, dólares, enquanto Rosa mantinha uma antiga atração por jóias, que a ajudavam a se sentir segura, imaginando que numa época de crise pudesse vender os anéis e naturalmente ficar com os dedos.

Na economia o que não nos faltava era crise, e com a Fronteira tão próxima, a habitual balança do câmbio, ora favorecendo argentinos e ou uruguaios, ora brasileiros, tornava-se uma atraente aventura para os mais jovens e mais dispostos a carregar uma pasta preta e atravessar a linha divisória, retornando com cédulas de um ou de outro, conforme o caso.

O importante era, pois, ir levando. Não sei como é que os pobres faziam, mas posso imaginar.

Nosso habitual contato com os vizinhos sempre ajudava a desmanchar ilusões e nem era preciso ser um grande observador para saber como eles "faziam ginástica" com o dinheiro para enfrentar as despesas de suas pequenas vidas. Nenhum lance de audácia, nada de invenções, sonhos mais ou menos arquivados. Apenas uma loteria ou um jogo do bicho para quebrar a mesmice e ambicionar algo além do passo normal das pernas.

A chegada do padre amigo no domingo foi festejada como se fosse a Páscoa ou o Natal. Afinal, ele seria o convidado do dia, para uma voltinha no carro novo. Mas, de saída, ele fez uma observação ferina sobre os desníveis sociais, que me obrigou a relembrar-lhe a própria frase maldosa sobre os capuchinhos que me fizera admirá-lo nos primeiros dias de nossa relação.

— Concordo com a sua crítica, mas recordo-lhe, caro padre Godofredo, que o senhor não é capuchinho, portanto não costuma disfarçar seu humor rude com uma leve capa de urbanidade.

Respondeu-me logo, saltando fora:

— A frase não é minha, mas de um escritor, desses do Sul.

— Pois saiba que é muito inteligente e bem inspirada. Mas o senhor é um padre secular.

Olhou-me com seus profundos olhos claros, sem responder. Senti que ele se declarava atingido "na pleura" e resolvi poupá-lo.

Sem remorsos o padre entrou-me carro adentro e saímos para uma "viagem pastoral". Ao mesmo tempo que ele experimentava o automóvel, visitamos duas capelas fora da órbita habitual, impossíveis de serem alcançadas por uma caminhada. Em nossa rota passamos por um estádio de futebol e muitas casinhas aglomeradas onde vivia a pobreza da região, fruto de um "plano habitacional" da mais recente administração municipal.

— Estou encantado com as atenções que este prefeito deu aos sem-teto!

O padre me fulminou com o olhar e teve mais um dos seus repentes "capuchinhos":

— Pensei que você não enxergava a pobreza ou pelo menos não sabia que existia.

Dei uma boa freada, que fez com que o bom vigário invadisse o painel e quase batesse com o rosto no pára-brisa. Desculpei-me alegando uma diferença no calçamento e fizemos as pazes.

— Você, meu caro Anacoluto, teve mesmo o destino traçado pelo nome, hein?

Era a forma que encontrava para responder à minha brincadeira com Godofredo de Bouillon, aquele primeiro rei de Jerusalém, o cruzado normando cujo nome ele herdara.

Entramos juntos na pequena capela que fazia parte do seu vicariato. Lado a lado com o padre, fingindo uma compunção religiosa que não tinha, impressionei até os simples fiéis da região. Ouvi nitidamente quando uma daquelas velhas mulheres, pele enrugada como uma passa de uva, apontando-me com o queixo afilado, disse à vizinha, tão macróbia quanto ela:

— Olha, Diaba! O homem é tão piedoso quanto o padre!

Enganei bem. De um modo geral, quando desejava, sabia enganar as pessoas com falsas emoções. Era pelo menos minha pretensão. Não sei até que ponto poderia me vangloriar disso ou se alguma vez poderia testar sua eficácia. Mas era assim que me julgava.

Naquele momento eu queria mais é que o amigo padre me safasse da confusão estabelecida em minha casa. Depois de receber de presente a filha do sr. Pigafé, instituir uma espécie de estatuto que provinha da nossa experiência conjunta e permitia uma convivência que se poderia chamar de confortável, depois de assimilar as visitas semanais do padre, de conseguir manter em limites aceitáveis a perigosa aparição da vizinha maluca, a chegada desestabilizadora da sogra por vingança torpe do pai de Rosa, uma doença em casa ou no meu próprio corpo seria o átomo causador da explosão final.

O sacerdote, com seus modos conciliadores e sua sabedoria de seminário, poderia me ajudar mais do que ninguém em momento tão difícil.

Estava me sentindo frágil. Qualquer coisa que dissesse ou fizesse poderia ser interpretada como agressão ao cristal das nossas relações. Risinhos nervosos e movimentos agitados marcavam a nova Rosa, desde que a mãe viera para ficar e assim involuntariamente interferir em nossa vida.

Não havia como enviá-la de volta ao poderoso sr. Pigafé, que pelo telefone fora ofensiva e propositadamente violento. A filha, que apesar de tudo guardava dele uma boa impressão, mas no entanto soubera rebelar-se na medida na hora certa, temia-o e seria incapaz de levantar-lhe a voz se a ocasião se apresentasse. Sua mãe, ainda mais acovardada, eu diria até pusilânime, mas compreensível que assim o fosse, pelo tipo de situação criada, sua formação e educação e todos os anos de convivência com o seu feitor.

Eu não tivera nenhum contato e, para sorte minha, não o quisera o próprio Pigafé. A última ponte teria saltado. Assim, pelo menos a longo prazo se poderia pensar em algum tipo de manobra. Não imaginava qual nem sonhava para quando, mas o padre Godofredo, transformado em sábio pela nossa insuficiência, aconselhava prudência.

Nossas relações, eu, Anacoluto, e padre Godofredo, eram agora perfeitas. Tínhamos nosso código particular, como entre todos os humanos, frases, palavras, citações, lembranças em comum. Qualquer referência eventual organizava todo um raciocínio. Se eu quisesse lembrar a perigosa Teresa e sua falta de tato, bastava pegar meu próprio cabelo como se estivesse empunhando um "rabo-de-cavalo". O bom sacerdote piscava o olho e fazia uma alusão distante, como se falasse de futebol, mas algo que assentava ao que eu lembrara.

Sua visita tornava-se portanto indispensável, mostrar-lhe o automóvel e colocá-lo à sua disposição, depois de haver pedido que ele benzesse o veículo, carregá-lo para suas capelas, dar-lhe de comer e beber aos domingos, aturá-lo roncando no sofá da sala, tudo isso era o de menos. Era preciso mantê-lo ao meu lado, como meu confidente, já que era confessor de Rosa e agora também de dona Maria Margarida.

Pensei em fazer uma gorda doação, dentro das minhas posses, é óbvio, para ajudar as atividades canônicas do amigo e com isso mostrar-lhe minha gratidão. E minha dependência.

Compreendo hoje por que os ricos senhores de estância do passado construíam capelas em suas fazendas e cumulavam os padres e a Igreja de contribuições. Selavam um pacto difícil de abalar e pavimentavam o caminho para o Paraíso. Alguns iam mais além e compravam indulgências para garantir "uma cadeira no céu", pagando novos sinos, vitrôs, pinturas, ou se candidatavam a festeiros da paróquia.

No dia da festa contribuíam com vacas, terneiros, porcos, galinhas, barris de chope e a decoração da pracinha com carrossel e tudo. A quermesse corria dez dias por conta deles.

Eu já estava disposto a fazer o mesmo e cheguei a sondar o padre Godofredo, que, mais correto do que eu, recusou, negando-se a se deixar seduzir por dinheiro.

Mas não fujo ao tema: reunidos na mesma casa, embora de um tamanho razoável, éramos quatro pessoas, na prática, porque estou incluindo o padre, que viviam seus problemas, tinham suas dúvidas, inquietações e sobretudo seus temores.

Principalmente pela idade, pelas questões de doença. Não Rosa, é claro, a mais moça do quarteto, mas sobretudo eu e dona Maria Margarida. Depois do primeiro choque, controlávamos nossa memória, eu fazia exercícios diários, aterrorizado com a perspectiva de me tornar incapaz. Comecei a buscar informações e a me orientar sobre o perigoso mal, cujo nome não pronunciava. Cheguei a falar sobre o assunto com o padre Godofredo, mas com Rosa fui reticente e cauteloso.

Agora me dou conta de que falei em quatro pessoas em nossa casa, incluindo aí o amigo padre. No entanto, me esqueço de citar Maruva, não por seu nome até bem fácil de recordar pelo inusitado, mas quem sabe lá por algum resquício de preconceito. Maruva é negra, tem a pele quase azulada, como se tivesse desembarcado ontem da mãe África, e os dentes brancos, tão brancos quanto se possa imaginar, que se abrem num sorriso deslumbrante sempre que é pilhada em alguma "travessura", como por exemplo colocar mais açúcar do que devia nos doces que vive inventando. Mas ela é uma criatura assim, tão doce que nem precisava adoçar sua participação em nossa vida, mas talvez esta seja sua forma de fazer com que notem sua presença, e não a esqueçam como eu, confesso, esqueço de citá-la. A sua vida é quase circunscrita à cozinha, à copa e ao quartinho dos fundos, junto à garagem, onde ela vive isolada, sempre que não está "em serviço ativo", limpando, cozinhando, varrendo o pátio ou cuidando da nossa roupa.

Sem ela creio que a casa não funcionaria da mesma maneira, apesar das atenções todas de Rosa na área administrativa. Na execução, é óbvio que Maruva é insubstituível. Mas suas intervenções são sempre bem-vindas. Ela é absolutamente eficiente e não faz observações. Constantemente calada, é apenas uma companhia a mais, além da importância pouco reconhecida do seu trabalho. Digo sinceramente pouco reconhecida, porque lhe damos "casa e comida" e mais um salário mínimo. É o mínimo. Achamos que é o máximo. E com isso ela vai vivendo. Idade incerta, já passou da fase de conhecer candidatos a um casamento ou a repartir o quartinho que lhe cedíamos. Pois, se fosse um bom trabalhador, talvez um jardineiro ou motorista que pudesse desenvolver atividades em nossa própria casa, até que estimularíamos algum romance de Maruva.

No mais, ela passava ignorada e silenciosa.

Nem o padre lhe concedia atenção especial, além das brincadeiras ocasionais pela qualidade da comida ou agradecimento por um cafezinho ou outro servicinho.

Foi Maruva quem me contou que havia encontrado dona Maria Margarida, de madrugada, perambulando pelo pátio. Aparentemente não estava dormindo, não era sonambulismo, mas ficou encarando-a como se não soubesse quem era. E não disse nada. Simplesmente, depois de olhá-la bem firme, como se passasse por cima dela a linha do que pretendia ver, caminhou para dentro de casa. Recolheu-se ao quarto.

Perguntei se fora a primeira vez, Maruva me respondeu que sim, e que nunca vira nada igual. Havia ficado impressionada com a maneira como a senhora a olhara. Discretamente, na hora do café, tentou colocar o assunto, mas ela demonstrou nada saber ou recordar.

Deixei passar uns dias e inquiri da empregada se o fato tivera repetição. Não, não tivera. Achei melhor não comentar com Rosa, mas contabilizei minha preocupação.

Certo dia, Maruva olhou-me significativamente à hora do café. Entendi que ela tinha alguma novidade para me contar e apressei o que pude a refeição, para livrar-me logo e poder ouvi-la discretamente. Não foi fácil. Rosa não passaria muito disposta aquele dia e fazia tudo vagarosamente, com alguma sonolência. Tratei de ir ao banheiro, voltar, movimentar-me para criar uma espécie de dissolução do calmo café-da-manhã. Sem êxito. Eu ardia em curiosidade, queria ouvir a notícia.

— De novo, siô Coluto — assim me tratava a empregada quando ficava nervosa.

— Como? O que foi desta vez?

Maruva me explicou que dona Maria Margarida ficara sentada à mesa da cozinha, por mais de duas horas durante a madrugada.

— Falei com ela e ela não se lembrou do meu nome.

Brinquei com a negra:

— Também, com um nome desses, quem é que vai se lembrar?

— Seu patrão! Ela ficou me olhando, olhando e não me reconhecia.

Tirei a limpo com Maruva o que a senhora havia feito, se comera, bebera. Não, nada disso. Só ficara ali, à toa.

Ainda não foi desta vez que tive uma conversa com Rosa sobre sua mãe. Qualquer observação que eu fizesse poderia ser tomada como implicância, me desagradava o fato de ela viver conosco, em sua opinião, e qualquer comentário teria essa interpretação. Fiquei acompanhando os fatos e sempre municiado de informações por Maruva. Mas os fatos não se repetiram, pelo menos ela não vira mais nada e isso meses a fio. Eu é que comecei a somar pequenas coisas. Às vezes a surpreendia com o olhar parado, alheia à nossa conversa. Vi que ela aparecia com as roupas desabotoadas e que Rosa, com gentileza e ternura, fazia com que os botões entrassem nas casas.

Era emocionante ver as atenções da filha com a velha mãe. Mas será que Rosa se dava conta do que poderia estar acontecendo? Telefonei para um amigo, o dr. João Carlos, e ele me disse que não era sua especialidade, mas que poderia indicar-me um especialista para que eu pudesse ter uma orientação mais ampla.

XVII

Foi o que fiz. Arranjei uma desculpa e fui aos médicos no centro da cidade. Os consultórios ficavam próximos e assim acabei indo aos dois. Ao primeiro confiei meus temores e minhas dúvidas. Com o segundo esclareci algumas questões técnicas. Explicou-me tudo sobre o tal dr. Alois Alzheimer, cujo nome ficou ligado à doença, mas alertou-me que muitas vezes as pessoas confundiam os sintomas. E que não eram somente os idosos que estavam sujeitos ao mal. Havia casos de pessoas muito jovens afetadas pela doença, produzia-se também alguma confusão sobre as formas de manifestação.

Tudo isso o dr. Aloísio ia me explicando e eu tomando notas. Informei-lhe do comportamento estranho da minha sogra, de quando esquecera meu nome, "inesquecível" em minha opinião, dos números de telefone que eu andara "perdendo", das idas dela ao pátio de madrugada, do episódio na cozinha e do olhar perdido. Ele achou um somatório "importante" — foi o adjetivo que usou —, mas nada desesperador. Recomendou atenção e me deu algumas dicas.

— Preste atenção a mudanças de humor. E procure compartilhar o problema com sua mulher. Não guarde para si, você não terá como lidar sozinho com o assunto e acabará prejudicando mais do que ajudando. Esta doença é conhecida desde o início do século XX, coisa aí de 1907, mas a reação é variável de indivíduo para indivíduo, daí que não se sabe muito. Mas cuidado. Os pequenos tropeços, esquecimento de palavras, números, tudo isso é importante. Mantenha-me informado e, quando for possível, marquemos uma consulta, façamos os exames necessários.

Cheguei em casa munido de suficiente preocupação para me sentar com Rosa e falar abertamente da tal doença, mas não encontrei caminho adequado. As duas haviam passado uma tarde muito agradável, haviam caminhado juntas pelas ruas mais próximas, lembraram os "bons velhos tempos". Rosa contou-me que a mãe lhe repetira toda a história do seu nascimento e depois, quando menininha, sua vocação de fazer longos penteados nas bonecas.

Olhei-a com muito amor e preocupação.

Bem como me dissera o dr. Aloísio: "Esquece coisas recentes, até de uma hora atrás, mas não afeta a memória de fatos distantes." Pelo menos nesta fase. Achei ainda mais preocupante, mas não houve como introduzir o tema.

Nisso dona Maria Margarida entrou na sala. Tomara um banho, refrescara-se naquele final de tarde, o verão castigava bastante nossa região, e ela apareceu com um vestido vermelho, com uma fita amarela que improvisara em torno da cintura.

Não pude deixar de encarar Rosa, que me devolveu o olhar, disfarçando. Achei graça, mas logo me lembrei de que o médico dissera que o uso de roupas em cores berrantes fazia parte dos sintomas alarmantes, inesperados, mas que eram característicos de quem estivesse afetado pelo tal "mal de Alzheimer".

Na primeira oportunidade, decidi, abriria o jogo com minha mulher, mostrando-lhe tudo o que o médico me passara como sintomas da doença e o quanto seria necessário preparar o espírito para enfrentar as dificuldades que viriam pela frente. Mas com que segurança eu entraria nessa se a qualquer momento poderia ser eu o atingido? Não por causa da idade, porque o dr. Aloísio também me havia esclarecido que até jovens podem contraí-la.

— É uma degenerescência orgânica, isto não se pega, não é assim — explicara.

Quando nos recolhemos, pedi a Rosa que afastasse a toalha.

— Não, não é toalha que eu quis dizer. Coberta!

Rosa foi compreensiva. Não disse nada, não fez nenhum comentário, só me perguntou se eu sentia muito calor. Não respondi e não dormi a noite inteira. Ou melhor: primeiro, caí no sono, cansado, mas acordei às quatro da madrugada e, com os olhos bem abertos e a mente a trabalhar aceleradamente, imaginei horrores até o amanhecer.

XVIII

Quando a gente levanta depois de uma noite assim, gasta em previsões terríveis do que nos há de suceder, o cansaço é duplo. Pela adrenalina e por não ter dormido mesmo, fica-se fisicamente abatido em dobro. Naquele dia e nos que se sucederam, não alcancei a suprema glória de um repouso tranqüilo, reparador. Isso aos poucos se transformava numa obsessão. Quando eu me recolhia, já ficava imaginando: "Dormirei? Toda a noite? Conseguirei repousar como convém?" Eram coisas, pois, que se iam somando e transformavam aquele período em algo muito preocupante. Melhor dito: estafante.

Mas enquanto me cuidava com a observação permanente dos meus deslizes, das possíveis falhas de memória e até do comportamento dos meus músculos, temeroso de outras doenças, de um "mal de Parkinson" ou de um derrame, perdendo rapidamente minha vaidade e minha autoconfiança, buscava no apoio dos amigos o refúgio e o conforto.

Bendito padre Godofredo, agora transformado em meu porto seguro, muito mais do que o antigo amigo da casa e suspeito de manter um caso com a minha própria mulher. Não só esquecera isso, como não duvidava mais da sinceridade do padre, tampouco de qualquer possível relação suspeita. Jamais. Poria mãos e pés no fogo, que o inferno me consumisse. Já eu o vivia na terra com o temor de ficar incapacitado a qualquer momento e vendo o perigo da dissolução do meu organismo.

Meus avanços e recuos comandavam meu comportamento, até porque as invasões de nossa privacidade continuavam a se produzir. Vivíamos naquela mansão cercada de pequenas casas decadentes ou até barracos espalhados pelas ruas um pouco mais distantes. A situação financeira daquela gente não poderia ser mais difícil e não havia educação que resistisse a tantos obstáculos. Achava até simpático o seu Edilton, que tivera um problema tão sério com o filho. Aliás, tanto eu quanto Rosa imaginávamos que o rapaz, recolhido a uma tão caridosa instituição, estaria protegido e seria reencaminhado na vida. Não sei se era o mesmo que pensava o pai, mas o fato é que as preocupações comigo mesmo se reduziram a pó, meus problemas se esfumaram no espaço, tudo me pareceu pequeno e ridículo quando Ronaldo reapareceu em casa do pai, trazendo a instabilidade emocional com sua visita. Viera para ficar?

Eu e Rosa nos olhamos sem coragem de expressar o que pensávamos, mas na certa era o mesmo.

Mais ainda quando seu Edilton veio nos visitar e pediu para conversar reservadamente. Ao redor da mesa, recebido como se fosse um diplomata, um visitante ilustre, ele se confundiu um pouco e não chegou exatamente ao que pretendia. Mas deduzi que buscava apoio financeiro para manter internado o filho Ronaldo, que não só continuava dependente de drogas, como não conseguia engrenar uma atividade profissional. Sofrendo de alucinações, segundo sua descrição de pai preocupado, descartara já a carreira de futebolista, pois os companheiros de treinos, concentrações e jogos logo o denunciariam. Pressionado pela minha presença, e não me afastei de propósito — vamos que Rosa se deixasse sensibilizar e acertasse um subsídio qualquer? — para que ele formalizasse o que pretendia ou desistisse.

Foi uma perda de tempo.

O impasse foi quebrado pela chegada de padre Godofredo brandindo um telegrama. Eu tinha até esquecido que era domingo, que teríamos fatalmente a visita do bom amigo, que era preciso separar um bom vinho tinto que ele apreciava tomar no almoço.

— Você pensa que padre só toma vinho na hora de consagrar? — perguntou-me certa vez, divertido.

Naquele dia, o telegrama parecia ser prioritário.

Eu mesmo li o texto, pois o Godofredo tremia um pouco, segurando o papel que agitava à altura do próprio rosto.

"Solicitamos sua apresentação a esta cúria, para viajar para Roma ainda no mês de junho. Ass. cardeal-arcebispo."

Isto queria dizer menos de quinze dias para arrumar toda a papelada necessária, desocupar o quarto na casa paroquial, embalar e dar um destino aos livros, ajeitar alguma batina nova (pois no Vaticano seria necessário usar) e embarcar.

— Sossega, amigo. Os livros, traga para cá. Leve os indispensáveis. O resto se ajeita. Vai precisar de algum dinheiro?

Imediatamente me arrependi da oferta, feita diante do seu Edilton, que pretendia ajuda por causa do filho drogado. Mas já falara. Quantas vezes Rosa já me havia dito para calar a boca e não dizer as coisas precipitadamente?

Agora estava dito. Peguei o padre pelo braço e levei-o para dentro de casa, enquando Rosa terminava a conversa com o vizinho. Fui logo selecionando o vinho para o nosso almoço, enquanto padre Godofredo, satisfeito, desfiava com ansiedade suas preocupações e providências.

— Sim, trarei, se o amigo puder abrigar minha biblioteca, que é modesta. Levo apenas *Sermões*, do padre Vieira, *A imitação de Cristo*, *Confissões* de santo Agostinho, o breviário, aquele romance que estou lendo, do Umberto Eco, o *Baudolino*, para ler no avião. Em Roma comprarei muitos livros.

Lembrei-me de perguntar-lhe pelas batinas. Questão fácil. Iria com dona Rosa a uma costureira do bairro, filha de alemães, que costurava batinas para os raros padres e irmãos lassalistas que ainda as utilizavam. Outrora ela vivera ocupada com a produção, que o mercado era grande. Hoje em dia só restava o cônego Allgayer e mais meia dúzia de religiosos usando batina. Mas em Roma ainda era obrigatório, mesmo fora das cerimônias, bastava ver algum filme do Fellini.

Ele ainda teve tempo para me procurar antes de viajar para dizer:

— Vote em quem você achar que está certo. Mas nem pense nesses caras que usam sigla de aluguel. Não são de confiança.

Achei que o padre, de tão amigo, exagerava, mas não me surpreendi quando soube que o antigo Partido Comunista agora abrigava ex-conservadores, pelo menos conhecidos como tal. Até que o bom Godofredo não se enganara muito. Erro mesmo eu cometera em 64. Nunca soube de ninguém tão mal informado! Quando passei no fim da tarde diante dos quartéis, vi todos aqueles tanques e achei que era algum treinamento para o desfile da Semana da Pátria. Mas estávamos a meses de distância, era o primeiro dia de abril. Brincadeira, pensei, é o Dia dos Bobos, eles querem nos enganar com esta parafernália toda. Vão mesmo desfilar e a gente, que não sabe, se amedronta.

Depois eu vi que não, mas aí já era tarde.

Posso dizer que de erro em erro fui construindo minha passagem pela política e assim continuava. Tanta coisa testemunhei e não aprendi nada. Talvez devesse continuar repetindo os equívocos, como castigo pela minha ignorância. Não há hoje brasileiro que não saiba o que começou naquele dia. E me surpreendo muito quando converso com as pessoas sobre aqueles anos e vou logo ouvindo: "Ah, eu sabia de tudo!" Pelo jeito era o que os italianos costumam chamar "segredo de Polichinelo", só que o Polichinelo aqui não sabia mesmo de nada. Assim que minha ignorância política me encaminhava para não entender, mais uma vez, o que se passava.

Preferi me ocupar em organizar com puro entusiasmo, e depois monitorar a distância, a viagem do meu amigo padre Godofredo. Já lera tanto sobre Roma e o Vaticano que poderia dar-lhe conselhos, dizer em qual "via" deveria andar, o risco de ser atacado por travestis brasileiros, muito comuns nas ruas da capital italiana. Recomendei-lhe que andasse de terno, batinas que ele as reservasse para as atividades oficiais no Vaticano, que não se expusesse e, quando visse um grupo muito barulhento nas ruas, discretamente tratasse de escapulir, porque, na certa, deveriam ser brasileiros.

O planejamento, aliás, foi febril. Preparei uma lista do que deveria levar em sua mala, impressionei-me com o fato de que pretendia levar apenas uma só, além de uma pasta na mão, três ou quatro livros, mais o indispensável breviário e o *Baudolino*, que eu não conseguira ler. Que vocação para a simplicidade, o despojamento, nenhuma vaidade! Era mesmo um ser exemplar o meu bom amigo. Rosa colecionou algumas frases em italiano, redigiu um vocabulário das questões mais práticas e encomendou três camisas de linho que seriam o seu presente particular. Foram dias de intensa vibração. Esquecemos tudo, nossas preocupações, os cuidados com o orçamento, os eventuais tropeços de saúde, os lapsos de memória, meus e de dona Maria Margarida, as visitas inesperadas dos vizinhos. Todas as atenções estavam centradas na viagem do padre, como se ele fora nosso representante. Afinal, havia uma possibilidade de que ele se encontrasse com o papa, quem sabe quando o pontífice estivesse caminhando pelos jardins, ou num daqueles corredores. Seria inimaginável que indo morar, trabalhar e estudar no Vaticano não visse o papa. Seria azar demais.

Godofredo, modesto, dizia que nunca imaginara que seria merecedor de tal sorte, ele, um pároco de igreja de bairro, vivendo a sua vidinha, sem intrometer-se nos assuntos alheios, fora da política tanto dos partidos quanto da própria religião, mas, afinal de contas, o convite viera em seu nome. O bispo mandara chamá-lo e lhe mostrara o telegrama. Quando o padre Godofredo trouxe a sua biblioteca, tive uma surpresa muito grande. Se alguém tivesse me contado, lhe riria na cara, dizendo que era mentira. Mas lá estavam os volumes agora em minha casa. Pois não é que o querido amigo tinha TUDO que se pode pedir para formar um bom patamar cultural e não fazia nenhuma reserva, censura ou restrição. O padre possuía livros de todo tipo, muita coisa mesmo, escritores do século XV ao XIX e do século XX, moderníssimos, os clássicos, os românticos, os sul-americanos do tempo do "realismo mágico" e alguns livros de auto-ajuda. Fiquei espantado, mas ali estavam. E convenientemente classificados e separados.

Lembro-me bem que certo dia tivéramos uma discussão e o padre fora muito claro:

— Auto-ajuda para mim é livro de poesia!

Só para ser inconveniente, lembrei-lhe a frase. Minha intenção era maldosa, queria desconcertá-lo, desestabilizá-lo. Ao longo da vida aprendi que podia fazer isso com as pessoas e que isto me dava um notório poder. Temiam-me. Sabiam que no fundo era uma espécie de brincadeira, mas eu a transformara de jogo em arma. Dava-me a posição de liderança nas conversas, inspirava um respeito, digo, um certo temor. Olhavam-me à espera da pedrada que mudaria o tom e obrigaria o interlocutor a um esforço extra, em busca da recuperação.

O padre não estaria imune à minha flechada, nem por ser amigo e muito menos por sua, digamos, vocação sacerdotal. Tudo o que eu desejava era derrubar um daqueles fantoches "romanos" que simplesmente repetem, sem compreensão nem devoção, orações que decoraram e fórmulas gastas, de mais de mil anos.

Quando Godofredo deu-me o flanco, sabia onde afundar minha espada. Em sua, vamos conceder, ilharga. Será que as pessoas ainda chamam de ilharga aquela parte do corpo? Não tem importância, afinal ninguém mais usa espada. Portanto, com a minha arma virtual afundei toda a minha raiva, minhas diferenças, talvez a minha falta de certeza em minhas crenças, minha filosofia, meus inventos muito particulares.

Ah, o padre dissera que auto-ajuda é poesia? Bem que o invejei por isso. E agora, na hora de ir para o Vaticano, me aparecia com livros de auto-ajuda? Ótimo. O herói fraquejara, o deus tinha pés de barro.

Eu estava no ataque.

— Tens algum Paulo Coelho? — provoquei.

Rosa, que a tudo acompanhava para me policiar e impedir que eu fosse grosseiro com os amigos, e era também leitora de Paulo Coelho, ofendeu-se por conta própria e disparou a resposta em lugar do padre.

— Nós também temos! — acentuou ela.

Noutros tempos eu estaria desarmado, desmanchando-me em ternuras porque fora ela, a pequena Pigafé, quem falara. Mas não era meu propósito deixar fugir o inimigo e brincar com a possibilidade de derrubá-lo em minhas mãos. Daí que a fulminei, acho que pela primeira e única vez, com um olhar de ódio, e voltei à carga:

— Acho que o breviário é suficiente, padre, e depois, para poesia sempre tem o *Cântico dos cânticos*...

Sim, sei que eu fora longe demais, mas os meus propósitos haviam sido alcançados. O inimigo estava de joelhos. Restava talvez enfiar-lhe o cutelo no pescoço e fazer esguichar o sangue.

Mas havia Rosa. Ela também se sentira atingida e, se eu levasse adiante minha maldade, talvez viesse a perdê-la por orgulho ou jactância.

XIX

Eu me acostumara a ser redimido no último instante das minhas infelizes peças teatrais com a chegada de um *deus ex machina* que me obrigava a abandonar o palco. Esta era pois a minha expectativa, como sempre.

Pois ainda desta vez ficou provado que eu tinha razão. Mesmo que não fosse possível encontrar uma justificativa para minha perversidade, eu não iria ainda para o canto do ringue. A salvação me aparecia em forma de desgraça. Mais uma vez.

Dona Maria Margarida havia caído no banheiro. No primeiro momento, a correria, os gritos de socorro de Rosa, nossa pronta ajuda, eu e o padre, é claro, mas a boa senhora jazia no boxe do quarto de banho e era urgente levantá-la. Foi o que fizemos. Com o primeiro problema de ordem ética, porque ela estava nua, resvalara na certa ao banhar-se, com a toalha jogada apressadamente sobre ela pela filha e com a nossa pronta intervenção foi possível levá-la para o leito, entre gritos assustados, alguma choradeira e um pedido de calma feito pela própria Rosa.

O primeiro endereço do apelo era ela mesma. Atendeu prontamente. Num instante era o retrato do profissionalismo, como se fora ela própria uma enfermeira. Com o apoio do padre, que ficou no quarto a acalmar dona Maria, Rosa foi ao telefone pedir um pronto atendimento ortopédico.

A ambulância não demorou a chegar e o jovem estagiário, talvez um quintanista de medicina no máximo, e um par de enfermeiros tiveram com que se ocupar no próximo quarto de hora. Saúde era assim, serviço privado tinha uma presteza inimaginável.

Não valia a pena lembrar que, se fosse um serviço do governo, o paciente poderia esperar deitado. Talvez para sempre.

Afinal, tínhamos um razoável estado econômico e pagava-se plano de saúde justamente para essas ocasiões. O sr. Pigafé não deixara a ex-esposa desamparada, e mesmo Rosa havia inscrito a mãe como sua dependente. Seria portanto, digamos, "bem atendida", se isso servisse de consolo, em meio àquela correria e perturbação causada pelo tombo no banheiro.

Restava saber se houvera alguma fratura.

Mas que eu escapara da crise pelo desaforo que fiz ao amigo padre, isto era indiscutível. Todas as nossas forças se concentravam agora em providenciar o atendimento para a velha senhora, se é que era elegante ou "politicamente correto" — como costumavam dizer naqueles tempos — denominar uma pessoa assim como "velha senhora"! Pela idade, afinal de contas, eis uma coisa sempre discutível.

Rosa era uma filha temporã. Viera quando já ninguém dava mais nada pela atividade sexual do sr. Pigafé e muito pouco pela de dona Maria. Mas nascera e perfeita, com aquelas curvas atraentes que eu não cansava de admirar, um queixinho traçado com linhas delicadas e a pele ainda hoje suave e fresca como se fora uma jovenzinha. Quanto à sra. Maria, especulava-se que talvez fosse mais idosa do que o marido. Pela aparência, era uma classificação bem possível.

Nos momentos que se sucederam ao incidente, nossa preocupação foi saber até que ponto sua saúde mental fora afetada pela física. Aparentemente não se produzira nenhuma fratura, embora o jovem médico ou estagiário, sei lá, houvesse determinado sua internação imediata, para fazer uma avaliação completa.

A viagem do padre Godofredo ficou em segundo plano absoluto.

Tínhamos agora era que solucionar o problema da matrona.

O hospital com pronto-socorro foi o destino imediato, até porque nessas questões era imbatível, tinha equipe, experiência e equipamento. O estagiário semi-imberbe acompanhou-a na internação e também nós todos, digo eu, Rosa e o padre, para dar solidariedade.

No caminho, dirigi de tal forma preocupado que minha mulher teve que me chamar a atenção, pois quase atropelei um mais distraído do que eu que iniciara a travessia da rua sem olhar para os lados. Buzinei-lhe com irritação e dirigi-lhe algumas palavras de "doce afeto" que poderiam ter feito enrubescer nosso padre, não fora ele afeito a todas as asperezas da vida. Seguimos em frente e chegamos alguns minutos antes da ambulância. Cuidadosamente nossa paciente foi descarregada e conduzida para o atendimento de urgência, enquanto Rosa se desincumbia da tarefa de fazer o registro na recepção do hospital.

No minuto seguinte, já nossa preocupação era abreviar a sua permanência ali tanto quanto possível e, se tivesse que ser transferida, que isso também fosse feito de forma rápida. O objetivo principal era reduzir o risco de contaminação hospitalar. Assim, quanto menos tempo ela ficasse em qualquer uma das casas de atendimento, melhor.

Em casa, acreditávamos eu e Rosa, poderíamos cuidar melhor dela.

Restava aguardar o diagnóstico inicial, os exames radiológicos, sangue, urina etc., para ter uma avaliação segura.

Fiquei olhando a chuva cair lá fora, através das paredes de vidro do grande hospital, enquanto minha imaginação disparava, alinhando um sem-número de preocupações. E se ela ficasse incapacitada de andar? Se fosse um derrame, um acidente vascular cerebral? Se tivesse ocorrido um problema cardíaco sério? Se ela tivesse quebrado o fêmur? Todas essas idéias com as suas inúmeras conseqüências, todas incluindo a minha Rosa a correr de um lado para o outro e definitivamente engolfada pela necessidade de prestar serviços à sua mãe. Lá pelas tantas, olhando aquela chuva fina e permanente, imaginando o frio que teríamos pela frente e as dificuldades de atendimento, o amigo padre viajando na semana seguinte, comecei a sentir um pouco de infelicidade subir-me pelo corpo junto com a umidade que vinha da rua lá naquele paralelo a caminho do Pólo Sul...

Depois de refletir muito e de sucessivamente me resignar e me desesperar com as complicações que adviriam, nem reconheci a voz do padre, que viera me chamar para que fôssemos tomar certas providências.

Não quis comentar-lhe nada do que me passara pela cabeça, porque sabia que era puro egoísmo. Eu estava lamentando que Rosa perderia um pouco do seu tempo disponível, e mudando a dedicação de mim para sua mãe.

Se dissesse isso ao padre, ouviria um merecido sermão sobre as virtudes do bom cristão e o imenso pecado da falta de misericórdia. E compreensão. E caridade. E amizade. E mais alguma coisa que eu não encontrava no momento a palavra, mas que na certa se alinhava entre os meus mais terríveis defeitos.

Saímos correndo, portanto, para resolver as questões. No caminho encontramos Rosa, pálida, com os olhos vermelhos, transmitindo preocupação e pena.

Em mais meia hora teríamos o diagnóstico, ela me disse, mas tudo indicava que a mãe teria que ser transferida para um hospital especializado, onde passaria pelo menos os primeiros dias, indispensáveis. Começou a desfiar-me uma longa lista de necessidades, como roupas, remédios, documentos, ordens para os empregados e aquelas coisas práticas de que ela não só era capaz como altamente qualificada para operar. Em meio a toda a perturbação do inesperado e o abalo emocional, conseguia organizar-se e botar ordem a seu redor. Admirável — pensei comigo —, onde iria eu arrumar uma mulher com esta capacidade? Um dia seria minha vez, eu também cairia no banheiro ou na rua, impossibilitado por alguma doença ou fraturando uma perna, uma vértebra, sei lá! "Que Deus me conserve Rosa!", resmunguei.

— Que foi? — perguntou-me o atento padre.

— Nada — respondi. — Estou apenas rezando.

Sacudiu a cabeça, incrédulo. Naturalmente sabia que não seria um episódio daqueles que me faria descer do pedestal do agnosticismo para confessar, publicamente, crença em Deus ou deuses.

O jovem médico ou formando que nos havia atendido não apareceu mais. Foi substituído por um profissional mais idoso e experiente que nos chamou ao seu consultório para uma reunião, com os exames de raios X na mão e um cachimbo vazio na outra.

Sentamo-nos, preocupados, nas cadeiras diante da sua escrivaninha, o padre quis ficar de pé, mas o médico mandou que lhe trouxessem uma cadeira. Olhou-nos com carinho e preocupação e, fitando-me, iniciou:

— A sra. Maria Margarida sofreu um pequeno acidente, sem maiores conseqüências, esta é a primeira questão. Mas ela nos preocupa muitíssimo, porque demonstrou estar com sintomas de uma doença muito séria e que pode se tornar, pela gravidade que poderá ter no futuro, um fator desencadeante de problemas mais graves.

Olhou-me para observar o efeito. Olhou os demais. Todos estavam atentos, com os olhos presos aos seus, esperando a continuação.

— Os exames preliminares não nos dão certeza, mas algumas reações da paciente apontam para um determinado caminho. Não quero arriscar previsões, ela terá de ficar alguns dias em observação.

— Quanto tempo, doutor? — interveio Rosa, interpretando a ansiedade de todos.

— Inicialmente uma semana, talvez dez dias. Completaremos os exames necessários e faremos uma avaliação mais profunda.

— Mas o que é que ela tem?

— Calma, primeiro faremos os exames.

Saímos em silêncio, eu e o padre, Rosa ainda ficou tomando algumas medidas e se preparando para seu primeiro pernoite no hospital. O bom amigo Godofredo viajaria num par de dias. Havia completado já sua mudança provisória, livros e objetos de interesse permanente estavam em nossa casa, simplificara sua vida organizando o que pretendia levar naquela única mala, trocara por dólares o pouco que conservara numa poupança e acrescentara à sua "fortuna" os dólares com que Rosa presenteou-lhe.

Caminhamos pelo corredor do hospital e fomos esperar junto ao automóvel, no jardim onde havia o estacionamento, em meio a árvores frondosas e muitas flores. Nada ali transmitia o ambiente de uma casa de saúde e, pelo contrário, tudo era muito gratificante e encantador.

Quando Rosa chegou, nós a interrogamos na expectativa de que tivesse recebido um esclarecimento a mais. Mas, se é que sabia algo, não deixou transparecer. Entramos no carro, liguei a máquina e esperei uns segundos pelo aquecimento. Hábito antigo. Rodamos vagarosamente e fomos deixar em casa o padre Godofredo, para só depois retornar a casa, para recolher o que Rosa levaria para o hospital. No caminho, tratamos de coisas triviais. Combinamos sobre a viagem do amigo, comentamos a longa ausência e ele se mostrou apreensivo com a mãe de Rosa.

Não era propriamente um momento de vibração. Uma tristeza se colava às palavras, as frases saíam difíceis. Mas o que era preciso fazer, conhecíamos bem nossa Rosa, ela o faria com sua maestria de executiva.

Padre Godofredo viajou em dois dias como estava previsto e não ficou sabendo da gravidade da doença que afetara dona Maria nem das providências que tivemos que tomar. Tampouco imaginou os transtornos que aquilo nos trouxe e como organizamos nossa vida para fazer frente às dificuldades.

Não quisemos também contar-lhe por correio, deixamos que as melhoras pudessem servir de mote para notícias posteriores.

XX

De fato, foi o que fizemos, quando respondemos sua primeira carta, um apressado bilhete em que narrava onde estava hospedado, como transcorrera a viagem, a necessidade de usar batinas nos atos oficiais e sua esperança nos ventos de mudança que sopravam no Vaticano.

"Pode-se dizer", escreveu nos primeiros dias de julho de 2002, "que esta história de pedofilia ajuda a modificar certas mentalidades anquilosadas no seio da Igreja. A pressão é tão grande, pois não são poucos os padres, e isto é tema de conversa entre nós, que defendem a conveniência de uma, digamos, normalização da vida sexual entre os religiosos. É bom lembrar que, nesses dois mil anos de cristianismo, o celibato entre os sacerdotes é minoria temporal. Foi só no século XII, nos concílios de Latrão, que ficou definida a impossibilidade do casamento. Há mesmo alguns que ainda defendem a idéia de que foi por puro temor de que os filhos lutassem na Justiça pela herança dos pais, padres. Por outro lado, não deixa de ser constrangedor imaginar, depois de tantos anos de impedimento, um padre namorando. De mãos dadas com uma garota, beijando-a em público ou mesmo fazendo-o discretamente, ou em privado, vir a ser surpreendido por alguém. A cerimônia em si, do casamento, por essa não, afinal os pastores protestantes se casam. Mas, na religião católica, eis um tabu de oito séculos."

Parece que tínhamos padre Godofredo à nossa frente, com a sua seriedade, sua profundidade, seu interesse em debater os grandes temas e sua inconformidade com o reacionarismo e a mentira.

Narrava as maravilhas de Roma com a mesma animação que, provavelmente, os primeiros bárbaros que as desfrutaram escreveram para casa para contar o que viam, falar sobre os jardins, o circo, o teatro de Vespasiano ou os fóruns e templos.

Mandou-nos folhetos turísticos e informações condensadas sobre a Capela Sistina e a Porta Pia, falou com entusiasmo da Fontana di Trevi e a embaixada do Brasil na "maravilhosa Piazza Navona". Até aí, tudo bem, como qualquer turista que se preze o faria.

Temeroso, colocava uma frase perto do final perguntando pela nossa saúde e a de dona Maria.

Procurávamos desconversar nas respostas. De fato, evitávamos pronunciar o nome da doença que a atingira. É um costume antigo, quando não se tem a cura não se invoca o mal. Parece uma defesa. Inútil, mas é o procedimento humano.

Eu não podia atraiçoar Rosa e responder-lhe em separado. Portanto, o que se mandava dizer espelhava rigorosamente a posição do casal. Por maior que fosse a intimidade com ele, parecia-nos que aquilo extrapolava os limites da conveniência. Não havia o que comentar, já bastava os sacrifícios que nos custava. E os temores que gerava.

Agarrei-me à idéia de que tinha de me precaver para que não viesse a me suceder a mesma coisa. Dois na mesma casa com o mesmo problema, nas costas de Rosa, isto já seria demais, um exagero. Ela, por seu turno, completamente esvaziada de interesse sexual, se tornara uma escrava das necessidades maternas.

Vivia para atender dona Maria e não quis nem examinar a proposta que lhe fiz de sairmos um pouco, contratar alguém para fazer companhia à mãe e tomar uma espécie de férias, uma "pausa sabática", se é que se poderia denominar assim uma tentativa de recuperar forças para levar adiante a carga pesada que nos tocara.

Dona Maria Margarida teria batido com a cabeça ao cair no banheiro? Não era importante, nem resolvia a questão. Se de fato o mal de Alzheimer se originara aí ou se ela o tinha por hereditariedade ou seu organismo é que detonara o processo, eram especulações inúteis.

O que chamara a atenção do dr. Wolf no hospital: ela trocara algumas palavras. Brincávamos às vezes com isso, era uma das nossas regras de entendimento matrimonial perceber que dona Maria confundia de vez em quando caneta com faca ou sapato com prato. Ríamos muito, divertidos. Agora percebíamos toda a nossa ignorância e leviandade.

— Ela tem níveis reduzidos de acetilcolina — dissera-nos —, simplificando, é um neurotransmissor que interfere na comunicação de mensagens de uma célula à outra, afetando a memória.

Descreveu-nos o processo, segundo ele "aterrorizante", de a pessoa aos poucos perder as condições de convivência, chegando até a esquecer a própria identidade.

— Há riscos de segurança e problemas de comportamento — disse ele. — Dona Maria Margarida poderá ter um processo mais lento, mas inexoravelmente o mal de Alzheimer leva à perda da memória. Pode-se dizer que é uma espécie de demência. Recomendamos a consulta a um especialista.

Nossa vida foi revolvida por uma espécie de turbilhão, pois ao mesmo tempo que dona Maria Margarida oscilava entre períodos de normalidade e fases de intensa depressão e gravidade, sempre nos mantínhamos atentos a qualquer derrapagem por parte dela, o uso indevido de uma palavra, um esquecimento inesperado ou a troca de nomes. O que antes nos causava divertimento passou a nos trazer pavor. E o que levávamos com humor e leveza, passou a se constituir em tragédia doméstica.

Os treinamentos que fazíamos com palavras cruzadas e respondendo questões de programas de TV passaram a ser como exercícios de guerra. Era preciso estar apto e habilitado a responder com presteza e exatidão. Qualquer esquecimento menor apontava para o perigo, acendia a luz vermelha.

— Rosa, repita!

Certa vez esqueci o nome de minha bebida favorita. Foi uma tragédia, afinal tratava-se de um aperitivo comum, mas eu deixara de citá-lo quando fora convidado a dizer o que pretendia beber no jantar.

Quando dona Maria disse que o cão era coelho, caímos os dois em depressão.

Procuramos auxílio médico imediato. Já não tínhamos mais dúvidas de que ela estava sendo atingida pela doença de "Alzheimer", e o meu temor, maior ainda, confesso, é de que eu fosse o próximo.

Como principal interessado, pelos problemas que se criariam em casa e pela possibilidade de ser também uma próxima vítima, tomei providências imediatas. Informei-me sobre quem seriam os melhores especialistas do assunto na região e descobri que existia, inclusive, uma associação dos pacientes.

O que antes era uma espécie de brincadeira, uma preparação para a guerra, transformou-se do dia para a noite numa questão de vida ou morte. Deixei de lado minha característica atitude de deixar estar para ver como é que fica e comecei a correr, marcando consultas e fazendo contatos. Cheguei ao cúmulo de apresentar-me diante de um médico como já afetado pela doença. Queria saber até onde o estrago já tinha ido. Não que eu fosse um "doente imaginário", como naquela peça do Molière, mas porque estava me sentindo da forma mais deplorável, como realmente enfermo. Não sei se exagerei os sintomas que dona Maria Margarida apresentava, afinal era minha sogra e eu tinha já uma prevenção contra tudo o que ela dizia ou fazia, me parecendo sempre que metade era chantagem. Rosa tentara me convencer que não, inúmeras vezes. Mas eu não tinha dúvida nenhuma, se alguém me pedisse um exemplo de como o ser humano é capaz de mascarar seus reais problemas, atribuir a outrem a responsabilidade dos seus males e demonstrar má vontade, apesar de tudo o que de bom lhe estivesse sendo feito, eu tinha o nome dela na ponta da língua. Claro que não usava isso publicamente, limitava-me a sorrir, de forma significativa, se alguém por ela perguntava.

Tinha, além disso, que manusear o meu relacionamento com Rosa. A situação não era nada fácil, estávamos falando da mãe dela. A mesma criatura que vivera distante e preocupada consigo mesma, segundo a própria explicação da filha, mas que, escorraçada pelo marido, viera abrigar-se no último lugar da Terra a que aspiraria: na casa de quem ignorara.

Não consegui fazer a filha falar mal da mãe, expressar com objetividade o que ocorrera e a raiva acumulada que deveria ter. Mesmo porque acho que ela não conseguira identificar com precisão o que se passara. Rosa tinha um respeito misturado com temor pelo pai. E uma distância temperada com carinho e compreensão pela mãe. Entendia — e eu não — como tinha sido possível toda aquela existência de submissão a um homem que anulava os que o cercavam e os transformava em meros servidores. Mesmo com Rosa ele tentara isso e me usara como tal, como a seus "seguranças", motoristas, criados, todos enfim. Procurou estender aos políticos da pequena cidade tal tratamento. Os funcionários dos governos eram para ele, para o poderoso sr. Pigafé, apenas servos, que precisavam conceder-lhe atenção permanente e dedicação prioritária.

Era natural que estendesse o regime de escravização à esposa. Dona Maria tinha tarefas a cumprir na casa dele, que, inconscientemente, transferira para a nossa. Levantar cedo e preparar o café-da-manhã para todos, administrar o almoço, a janta, organizar a limpeza e o abastecimento da casa, aos poucos ela fora tentando roubar de Rosa a autoridade para tudo isso. Chegamos a comentar o assunto e Rosa me disse que continuava supervisionando tudo, mas que permitia que a mãe fizesse isso, para que se sentisse útil. Na verdade, assim que pôde, assumiu tudo o que fazia no lar do sr. Pigafé, onde era apenas uma criada a mais. Até por compreender isso e não aceitar aquela injustiça, tentei impedir que se transformasse, entre nós, naquela espécie de robô humano. Mas a filha entendeu que seria pior desprovê-la do mínimo de possibilidades de se realizar como pessoa, como integrante da máquina do mundo que seguia operando sem perguntar pelos problemas pessoais. Por outro lado, se ela começasse a se confundir e a perder as condições mínimas para exercer este papel de "dona de casa", a doença provavelmente venceria a corrida bem antes do tempo. E, afinal, o que era este conceito de tempo? Quantos anos, meses ou semanas levaria o mal para destruir uma pessoa? E este prazo seria variável de indivíduo para indivíduo? Desde o momento em que soubesse que estava com o mal efetivamente diagnosticado até a perda total da consciência, quanto mediaria?

XXI

Perdi o sono muitas e muitas noites a rolar na imensidade da angústia que me atormentava. Pensei no que seria perceber que aos poucos se tropeçava em pequenos acidentes até se dar conta de estar em marcha para perder a própria identidade.

Como se produziria isso? Qual seria o primeiro sinal, o sintoma inexorável de que o pior estava por vir? E depois, como seria a adaptação, a compreensão e a aceitação ou a rejeição do fato inevitável? Como seria, vagarosamente, ir percebendo que um dia você esqueceria quem era, o que fazia ali, ou não se produziria nunca esta percepção? Então quem sabe caberia no baú de inutilidades da vida mais esta constatação?

Não nego que passei a dormir com esta serpente aninhada em minha cabeça. Quando altas horas despertava, insone, revolvia-me na cama, com jeito para não despertar Rosa, convivendo com essas dúvidas e perplexidades. E se me lembrava que ali, no quarto ao lado, tão próximo, estava uma criatura que em breve poderia atravessar esse difícil canal, o destino poderia decretar outro desastre para alguém bem mais próximo: eu mesmo. E quando eu levantasse e fosse ao espelho e não reconhecesse naquela figura ali refletida minha própria pessoa ou, dentro do labirinto do meu cérebro doente, não fora eu mas outro ou, pior ainda, se me acompanham no que escrevo, eu não seria eu e esse outro não seria eu.

Só me restaria então proteger-me. Formado em minhas leituras de século XX, com a crença inabalável no valor da ciência, buscaria o socorro em mãos dos médicos. Isto era o que eu tinha decidido e decretado como o caminho a ser tomado, quando eram três ou quatro horas da manhã.

Consigo adormecer novamente, apesar de já me sentir abalado em minha confiança na técnica de conciliar o sono, derrubado talvez pelo cansaço e a convicção de que tudo o que era possível fazer só seria factível a partir do amanhecer.

Empurro assim para a manhã seguinte qualquer providência.

Sento-me à mesa do café, esperando por Rosa, e eis que me aparece dona Maria Margarida. Ela está um pouco pálida, diria meio transparente, veste ainda roupas de dormir sobre as quais jogou um roupão marrom, e, como se fosse sonâmbula, assentou-se à minha esquerda. Murmurei "bom dia" na esperança de que ela percebesse e se incorporasse à vida e para espanto meu foi o que de fato ocorreu.

— Já ia lhe dizer isso — falou, e foi logo se servindo, derramando o leite na xícara e lançando mão de um pãozinho que estava na cesta.

Rosa, que percebera os ruídos e naturalmente não dera por mim junto a si no leito, viera somar-se a nós. Olhou-me interrogativamente e devolvi-lhe a mesma perplexidade, esperando pela continuação dos atos de dona Maria.

A velha senhora estava calma, imperturbável. Completou com distração aparente as operações maquinais de se servir do desjejum e, olhando Rosa fixamente, observou:

— Minha filha, que tens, estás tão pálida?

Eu é que empalideci e quase engoli um pedaço de pão sem mastigar. Aparentemente ela havia superado todo o problema do dia anterior, quando havíamos tido a constatação e o diagnóstico da sua doença incurável.

Tinha lá eu minhas dúvidas sobre a incurabilidade; afinal, há milagres ou não? E o fenômeno da vontade?

Voltei a mergulhar em meu café matinal, assombrado, acompanhando o desenrolar daquele capítulo de incerteza que se inseria em nossa vida privada.

No primeiro momento, cheguei a sentir-me desconfortável. Preferiria que houvesse logo uma definição, mesmo com a extensão da desgraça que significaria, pelo menos seria algo certo, talvez imutável. Então, as providências necessárias seriam claras.

Mas dona Maria Margarida não só havia reconhecido a filha, como havia reparado em sua palidez, e se assumia, portanto, plenamente em sua personalidade, como mãe e integrante daquele pequeno grupo familiar. Nada do que nos haviam dito, pois, se concretizava. Pelo menos até aquele momento, o que a medicina sabia a respeito do assunto estava em xeque. Ou então, o que era também muito provável, estávamos trabalhando em cima de um grande engano. As indicações que possuíamos não nos levavam a conclusões tão radicais como havíamos imaginado.

Durante aquela refeição permaneci silencioso enquanto observava os mínimos gestos da minha sogra, procurando identificar para onde aquele espírito levava o corpo. Quando ela parou, com os olhos perdidos na distância, deixando o café esfriar na xícara, pensei comigo: "Pronto, decolou a velha! Sabe-se lá onde anda!"

Andava perto. Em poucos segundos, que me pareceram longos minutos, baixou a vista para a filha e o genro extra-oficial e fez uma observação:

— Amanhã é o aniversário do meu marido.

Estava certa. Melhor seria que dissesse "ex-marido", mas, na verdade, ela fora expulsa de casa, embora sem perder oficialmente a condição. Não houvera divórcio.

Pensei comigo: "Só falta esta velha querer se apresentar lá na casa dele amanhã, para desejar-lhe muitas felicidades..."

Se ela estava doente ou afetada pelo mal que imaginávamos ainda nos primórdios, o que quer que fosse, ainda não lhe tirara, pelo menos eventualmente, a força do raciocínio.

Tanto que, voltando outra vez ao mundo que julgávamos o "lado certo da vida", encadeou outro comentário:

— Vai festejar sozinho. Bem feito.

Olhamo-nos, Rosa e eu, a um tempo surpresos e satisfeitos, desconfiados e espantados.

Algo não estava certo, não só em nossa cabeça, mas nos diagnósticos feitos, no atendimento médico ou no encaminhamento que fizéramos.

Por algum tempo ainda permaneci à mesa do café, lendo o jornal sem compreender absolutamente nada do que ali estava escrito, virando maquinalmente as páginas, percorrendo as notícias. Rosa limitou-se a retirar as coisas da mesa, enquanto dona Maria Margarida procurava ajudar, corretamente, sem qualquer perturbação que pudesse lembrar a tal doença.

Confuso e preocupado, mergulhei a cabeça no meio do jornal, que era aliás muito pequeno, formato tablóide, o que me obrigava a um exercício de ocultamento. Quase uma brincadeira de criança, mas eu não queria me expor, nem vendo demais, nem tendo que emitir alguma opinião. Tive êxito. Fiquei ali, escondido, enquanto refletia.

Em breve outros assuntos se misturaram em minhas preocupações, temas do dia-a-dia, compromissos financeiros, os resultados do futebol e muito longínqua a idéia de que o arrendador das minhas terras se apertasse com a situação do Uruguai, onde sabidamente ele depositava, como eu mesmo, em dólares, o resultado das suas operações. Ao lembrar-me de que ele podia passar por uma dificuldade, mesmo que momentânea, ou melhor, referente a uma ou duas tropas que não conseguisse vender, fiz um rápido balanço dos meus bens. "Vendo isso, vendo aquilo, afinal é para isso mesmo, para se ter alguma gordura para queimar que se compra alguma coisa. Para servir de garantia."

Teimosamente a lembrança do mal de Alzheimer voltou-me. Recordei a visita que fizemos ao médico especialista em Porto Alegre. O consultório dele era num belo edifício no Moinhos de Vento, que abrigava outras clínicas, laboratórios e serviços, permitindo que uma avaliação de paciente fosse feita logo e de forma completa, ali mesmo.

Lembro que entramos, eu e minha mulher, para aquela primeira consulta, mais de informação do que propriamente de tratamento. Ficamos longo tempo na sala de recepção, era um médico muito solicitado. Observei o despojamento de suas instalações. Limpas, claras, sem sofisticação. As duas atendentes que se revezavam, vestidas com simplicidade e aparentando mais humanidade do que fria competência, como às vezes ocorre. Saias longas, jaleco branco, sapatos baixos, ambas sem maiores pinturas. Um aparelho de TV ficava ligado o tempo todo, ao mesmo tempo o som era tão baixo que não se podia perceber com exatidão o que se passava na tela e no entanto abafava o som das conversas entre os clientes e seus familiares.

Havia uma espécie de reserva planando entre as pessoas. Não era como uma quase alegre sala de espera de um clínico geral, onde as "comadres" trocam doenças e receitas.

Olhos baixos, frases curtas, algum receio no ar. Uma senhora idosa com evidentes sinais de obesidade repousava sobre o sofá da sala, cercada por um neto e uma espécie de acompanhante, talvez uma enfermeira particular.

Quando o médico veio até ela, acompanhando seu marido, revoltou-se com a primeira frase que deles ouviu:

— A senhora tem que emagrecer um pouco, isto vai ajudar em tudo.

— Então querem me matar de fome? Já não como nada!

Os parentes se entreolharam e, disfarçando o desconforto, procuraram se despedir do médico que atenciosamente viera até à paciente. Já levavam os resultados de exames, as avaliações e as receitas.

Chegara a nossa vez.

Entramos, também nós receosos, acompanhando a recepcionista. Sentamo-nos e lembro que, enquanto aguardávamos o médico, contemplei longamente sua escrivaninha e o armário que ficava por trás dela, onde se acumulavam copos de chope, canecos típicos de festas de cerveja, daquelas populares *oktoberfests* alemãs, de cerâmica, com a decoração característica.

— Não deve ser mau sujeito e muito menos um ser sofisticado, um pretensioso cientista, ou algo deste tipo. Sua simplicidade me inspira confiança — confidenciei a Rosa e ela quis saber como eu tirava tais conclusões.

Sinalizei a coleção de copos de chope na hora em que ele entrava no consultório, segurando uma ficha e a caneta. Olhou-nos, com seus olhos azuis por cima dos óculos, e começou logo uma conversa muito franca. Eu não me enganara.

Acostumado a lidar com as pessoas desorientadas pela implacável doença que não escolhia seus alvos e não permitia hesitações, o doutor foi nos pondo à vontade com informações que giravam entre a esperança e o interesse.

Referiu-se à quantidade de erros em torno do mal e à insuficiência de sintomas semelhantes. Disse mesmo que muitas vezes se trabalhava em cima de enganos, mas que o principal era preparar-se para o envelhecimento.

— Dizem os pesquisadores americanos — disse ele, retirando os óculos para enfatizar — que, se todos passarem dos noventa anos, oitenta por cento terão Alzheimer e igualmente algum tipo de câncer.

Citamos os problemas de memória e ele foi tranqüilizador:

— Vejam, este famoso "branco" qualquer um pode ter. Pode ser efeito de estresse, da vida que se leva hoje, com o bombardeio de informações, com a angústia, a insegurança, as questões financeiras. O nosso cérebro até se defende, às vezes, eliminando o que não é importante. Ou melhor: deixando de "guardar" o que é ou pode ser supérfluo.

Enquanto aquele conceituado médico ia falando, fui me perdendo, meu pensamento soltou-se e voou por ali, pousando ora sobre os seus óculos, ora sobre os livros de sua estante demorando-se sobretudo nos canecos de chope que constituíam para mim um componente chocante da sua personalidade, significando ao mesmo tempo uma vida rica e pontilhada por certo de viagens não apenas por interesse científico, mas também simples e sem sofisticações. E em meus devaneios me senti, também eu, um futuro atingido por aquele mal.

Fiquei pensando o quanto revelaria a Rosa, nos primeiros momentos, quando ainda tivesse consciência do que se passava comigo, em que proporção seria capaz de confessar, descendo do meu orgulho, para que ela pudesse administrar minha provável doença. Naquele momento dei graças a Deus por haver sido escolhido pelo acaso para ser o "fiel depositário" daquele bem incomensurável que era a vida dela e o fato da nossa diferença de idade beneficiar-me. Não sei se mais adiante teria a mesma desenvoltura ou pelo menos a mesma compreensão do que estava fazendo. Não era propriamente uma entrega, uma doação, mas uma secreta rendição que eu fazia.

O especialista voltou ou fez-me voltar à tona, com sua voz levemente esganiçada, que dava por vezes a impressão de desafino. Bem, em todo caso não era um cantor, eu não tinha que me preocupar com estes desvios. Tinha muito que pensar, isso sim, era em meus "apagões" ou esquecimentos.

No tempo do álcool, quando eu era capaz de consumir grandes quantidades de bebidas diversas, durante um jantar, numa recepção aos amigos, me dava conta ao amanhecer de que nada me recordava da noitada anterior. Principalmente quando alguém fazia um comentário dali decorrente. Aquilo se evolara como a própria bebida, parecia distanciar-se do meu corpo, como o leve mal-estar, por vezes com dor de cabeça, se fora, partira para longe. Depois do banho eu seria outro e pronto. Mas agora não. Eu vivia quase monasticamente, reduzido em minha convivência social praticamente a nós três, raras visitas e muito menos bebidas alcoólicas.

XXII

Comecei a fazer uma contabilidade dos meus esquecimentos e vi que muitos deles não eram nem propositais ou "políticos", mas efetivamente produto de alguma sinapse mal-feita em meus neurônios.

Por isso decidi escrever tudo nesta espécie de confissão ou diário, ou mistura das duas coisas, para testemunhar a Rosa, em primeiro lugar, o quanto a admirei quando ainda tinha consciência plena, o quanto a amei, por todos os motivos. Pela pessoa que ela foi, e na certa ainda é, e com as forças que tive e que por certo agora não tenho mais quando estiver sendo lido.

Não sei quando foi, se no primeiro dia do mês de outubro, ou se foi em dezembro, sei lá quando tive o diagnóstico completo ou, pior do que isso, a revelação inconteste do mal que me atingiu.

Primeiro, junto com ela, Rosa, vivi a preocupação com relação a dona Maria Margarida. Fiquei quase desatinado com Rosa quando ela me confessou que a mãe se perdera no regresso a casa por duas vezes e que ela me ocultara este detalhe.

— Achei que não era importante, que era coisa de velha, compreende?

Respondi-lhe que não, que não compreendia, que era um dado importante que talvez nos tivesse levado a um diagnóstico mais precoce da doença que afetara a senhora.

Depois foi o episódio da queda. Julgamos, em nossa inexperiência, que aquilo havia acelerado o processo de senilidade, com a fratura, a imobilidade forçada e alguma outra seqüela mecânica, mas por certo tratava-se de acidentes reveladores.

Voltamos para casa como sobreviventes de um grande desastre, arrasados, doloridos, com dificuldade até para reencetar as rotinas do nosso convívio, desejando saber o que, dali para a frente, teríamos que esconder de dona Maria Margarida e o que poderíamos revelar do seu real estado. Se deveríamos inclusive falar claramente sobre a doença com ela ou se o conveniente seria ocultar-lhe.

Procuramos socorro e o psiquiatra nos acolheu na semana seguinte, mais para tratar do casal do que da paciente. Explicou-nos que seria muito importante que mantivéssemos nossa saúde mental e física para que pudéssemos atender a doente, em vez de adoecer toda a família, inutilmente, quando acabaríamos perdendo as condições de socorrê-la.

Admirei naqueles momentos a fortaleza de Rosa e é o que me cabe registrar aqui, junto com meu testemunho pela sua fibra e a confissão do meu amor por ela.

A pequena foi mais uma vez inquebrantável. Ela me fornecia a imagem de um caubói, sei lá por quê, herdada talvez das contínuas representações cinematográficas a que eu fora acostumado em minha infância e adolescência, de um ser absolutamente ético, com uma fidelidade canina aos amigos, mas acima de tudo com uma coragem indomável para ser colocada a serviço dos fracos. É o que lhe daria a vitória sobre o mal, sobre os bandidos, os ladrões de bancos, os selvagens rebeldes, os destruidores das ferrovias, os atacantes de trens repletos de inocentes. Era o retrato que me ficava do seu comportamento irrepreensível.

Depois foi a minha vez, tenho certeza, mas isso se passaria muito depois do ponto final nesta carta, diário ou confissão.

Nos primeiros tempos, tudo o que eu observara em minha sogra, via, para minha desgraça, repetir-se em mim. As mesmas fraquezas repentinas de memória, os mesmos deslizes, os enganos cômicos ou trágicos, tudo a que fomos assistindo e que nos fazia estremecer, compreendendo a gravidade do que se passava, uma vez que tínhamos a orientação de especialistas e podíamos, com esta nova luz, interpretar os fatos com mais clareza.

Quando comecei a me aperceber dos meus tropeços, não comentava com Rosa, com medo de chamar-lhe a atenção e com a esperança de estar enganado.

Naquele outono, no entanto, era dona Maria Margarida que concentrava nossa atenção. Havíamos começado quase de brincadeira a comentar seus deslizes, achamos muito engraçado quando ela se apresentou vestida de maneira ridícula. Acreditamos que se tratava de algum tipo inofensivo de senilidade que se juntava ao panorama dos pequenos enganos e esquecimentos que ela cometia.

Rosa talvez soubesse mais, pela proximidade, mas, por ignorância da tal doença, não juntava os dados do problema ou preferia talvez poupar-me, guardando segredo. Ou para proteger a mãe. Aí entrava o tal caráter de caubói que eu lhe atribuía e com razão, como foi sendo demonstrado pela vida afora. Foi assim que ela agiu quando a mãe foi trazida para casa pelo vizinho, o mesmo que certa vez nos invadira praticamente o terreno, batendo desesperado no portão, depois de haver sido agredido. Ele encontrara dona Maria zanzando por uma das ruas centrais da cidade, mas bem distante da nossa casa. Por meios próprios jamais voltaria. Foi muita sorte. Depois, ela mesma confidenciou a Rosa que tentara retornar para a casa onde vivia com o sr. Pigafé, era o endereço que lembrara. Sabíamos, melhor do que ninguém, há quanto tempo ela não vivia mais com o pai de Rosa e como se dera a sua saída, de forma tão traumática. Uma expulsão, com direito a impropérios e acusações, por certo falsas, mas que o colérico Pigafé fizera questão de propagar junto com a entrega da mãe na casa da filha.

Rosa queria saber se o pai ou algum avô tivera o mesmo diagnóstico da mãe, se a conhecida irritabilidade do pai tinha mais a ver com a doença ou se era uma aquisição cultural que ele fizera ao longo de sua ascensão e consolidação como homem rico e poderoso, intocável e imune. Nunca mais havia procurado o pai, mas enchera-se de coragem e todos os dias me narrava como pretendia fazer-se receber por ele e tentar sensibilizá-lo com o estado de saúde da mãe.

Sem querer desestabilizar Rosa e esvaziar sua talvez secreta admiração pelo pai-déspota, eu procurava patentear minha descrença.

— Ele não quer mais ouvir falar de dona Maria!

Rosa argumentava que o pai era prepotente, mas não era um celerado, e que teria um pouco de piedade.

Antes que ela levasse adiante tal propósito, convenci-a a consultar o médico e perguntar até que ponto a herança familiar podia influenciar o surgimento da doença. Não foi preciso retornar ao seu consultório, ele desfez a dúvida que apresentamos, no simples contato telefônico:

— Quinze por cento!

Mas de que serviria sabermos qual era a origem da doença, se já a tínhamos diagnosticada, se dona Maria Margarida já a tinha "instalada"? O jeito era tratá-la, era tarde para a prevenção. Eu é que comecei a me preocupar com os sintomas que julgava sentir. Na verdade, identificava minhas fraquezas e as comparava com as reações da nossa doente e com a vasta literatura médica que passamos a consumir, em busca de uma orientação em meio àquele matagal de dúvidas.

Assim, a qualquer nome de conhecido que esquecia ou palavra que me fugia, acendia-se a luz de alerta. Sem comentários, nada eu falava com Rosa, o que ainda mais me enervava, afinal de contas não tinha com quem trocar confidências. Não me passava pela cabeça a hipótese de contar a ela o que se passava comigo. Prudentemente, quando esquecia algo, procurava contornar de alguma forma, dirigindo a frase para outro desfecho.

Quando apareceram dois cristãos decapitados nas Filipinas, esqueci as duas coisas: onde se dera o fato e o verbo utilizado. Eu lembrava incapacitar, capitular e nada de me surgir o "decapitar", que daria com precisão a notícia. Fui ao dicionário, velho hábito da infância, e me pus a procurar. Era como tomar um analgésico contra o câncer, mas era o que eu fazia. Resolvido o enigma, continuava a vida. Até o próximo tropeço. Que não tardaria.

A propósito da doença em dona Maria Margarida, comecei a ter minhas dúvidas. Se ela tinha consciência de que havia procurado o endereço anterior, a casa do sr. Pigafé que ficava nos arredores da cidade, então ficava uma suspeita de que o caso não fosse Alzheimer e apenas estresse, esquecimentos ou defesa psicológica, tentativa de reencontro com o passado. Tínhamos bem contabilizados todos os outros tropeços, mas esta informação, que poderia ser decisiva, teria que ser posta em dúvida. Se ela estivesse afetada pelo mal, a ponto de esquecer onde morava, não lembraria que havia feito esta visita imprópria, ou pelo menos tentado fazê-la. Nunca ficou bem esclarecido para nós, se ela chegou a encontrar-se com o sr. Pigafé ou não. Talvez apenas um caso de amnésia episódica.

Coincidiram aqueles tempos com as notícias da doença de atores e cantores famosos e a gente prestava muita atenção a todos os detalhes. Como havia sido com Ronald Reagan, o velho caubói do cinema e ex-presidente americano, o cantor Frank Sinatra e o ator Charlton Heston.

E, com nossas loucas corridas ao consultório dos especialistas, estávamo-nos transformando, de simples curiosos, em conhecedores. O que aumentava o nível da expectativa de Rosa com relação à mãe e de mim com respeito a mim mesmo. No meu caso havia o agravante de que não revelava nada a Rosa, pois entendia que não deveria sobrecarregá-la com uma suspeita. Vamos que não fosse verdade? Por isso resolvi passar a limpo toda esta história, porque não sei até quando poderei escrever, já começo a sentir também efeitos de artritismo em meus dedos e sempre será melhor que Rosa descubra o quanto a amei por meio da minha própria confissão, por escrito, do que saber de outros ou jamais imaginar.

Dei-me conta agora da falta de amigos. Depois que o padre Godofredo viajou para o Vaticano, não tenho mais confidentes.

É o que consigo dizer direto a Rosa e olhe lá. Dizem que os amigos são nossa memória. Por isso comecei a procurar os antigos companheiros. Desenterrei os desaparecidos, busquei os que andam por aí em seus trabalhos, separados que estamos desde os tempos da juventude ou da adolescência, mas como poderia eu trocar idéias sobre fatos que sucederam quando eu tinha quinze ou vinte anos?

Desesperadamente eu queria amarras ao mundo normal e objetivo. Precisava de testemunhos que não permitiriam que o meu barco se perdesse em meio ao nevoeiro que fechava a saída do lago.

E fui descobrindo que eu próprio fizera questão de destruir os sinais, insatisfeito comigo mesmo ou por preguiça de manter os laços. Os tempos passaram, quem me procurou me achou, não procurei ninguém. Agora eu corria atrás, era minha vida em jogo.

Isso não eliminava os novos fatos que se iam acumulando, a dúvida com relação à doença de dona Maria Margarida, a constante tensão das consultas médicas, a expectativa permanente pelas reações da nossa "paciente" e o formidável estrago em meus neurônios que eu começava a pressentir.

Quem ganharia a corrida? Os especialistas nos diziam que prevenção para o mal de Alzheimer agora se começava ainda na juventude. Que ninguém parecia disposto a fazê-la e muito menos acreditar nisso quando tinha trinta anos. Falavam dos exames, dos diagnósticos, da necessidade de manter o cérebro em funcionamento permanente, exigido, a mil, para que correspondesse sempre. Esta era uma das formas de prevenção. No mais, havia os exemplos das pessoas que chegavam aos noventa, cem anos, sem aparentar problemas.

Tanto eu poderia ser atingido quanto minha sogra. Ela antes, eu depois, ou de repente eu, precipitado no abismo da inconsciência. Perder a própria condição de ser, a memória, o conhecimento da personalidade.

— Não há problemas — acudia-me o especialista —, quando se chega a este estágio de perder a consciência, nada mais interessa! Você não sabe mais o que se passa...

Diante do triste consolo, acordei muitas vezes no meio da madrugada. Levantei-me, por vezes, tentando descobrir onde havia guardado tal e qual documento, ou como era o nome de um filme, o personagem principal de um livro e de que tratava sua trama. Caminhei, muitas vezes, por dentro da casa, sem que Rosa soubesse, procurando descobrir, sem o auxílio de nenhum recurso, o título da última peça de teatro a que havíamos assistido. Eu não queria, ao mesmo tempo, criar uma preocupação e me dar por vencido, não queria acreditar em dificuldades, mas precisava prevenir-me. Enquanto isso, lidávamos com o problema que eu julgava sério, da minha sogra. Se Rosa tivesse me contado tudo, minha preocupação seria ainda maior. Muita coisa eu ignorava.

O médico nos dissera que os sintomas tanto podem ser identificados aos 65 anos ou mais, quanto aos 40. Há casos raros, mas não podem ser desprezados. E não se podia estabelecer uma grade, mas o período de evolução em geral tomava nove anos e começava brando, passava a médio e chegava ao mais grave.

O especialista nos chamou para dizer que no estágio inicial o paciente procurava palavras ou deixava pensamentos inconclusos. "É o que se passa comigo", disse para mim mesmo.

Foi adiante:

— Esquece freqüentemente os fatos e conversas mais recentes. No entanto, lembra com clareza o passado distante.

Continuei a ver-me naquele panorama, embora dona Maria Margarida também se encaixasse, e muito bem, nesta descrição.

Lembro quando ela narrou que Ildo Meneghetti, que era candidato ao governo do estado, estivera em sua casa na Vila Nova Holanda e apertara a mão do seu pai, chamando-o pelo nome e perguntando pelos demais familiares. Ela descreveu a cena com muita convicção:

— Ele era baixo e gordo e tinha as mãos pequenas. Falou ainda que dona Judite, a mulher dele, adorava doce de abóbora e minha mãe saiu correndo para providenciar, com alguma vizinha, o que seria uma boa lembrança, uma gentileza e uma forma de mostrar agradecimento pela cortesia de sua visita.

Aquilo tinha se passado em torno de 63 ou 64. Estávamos já no século XXI e dona Rosa teimava em dizer que estava de vestido verde e que o seu pai garantira ao candidato que só ali na vila havia uns trinta votos para ele.

O médico continuava falando, eu que entrara em devaneios. Quando retornei à sala, ele dizia que daqui a pouco o doente passa a necessitar de ajuda para tarefas simples e rotineiras e seria preciso estar muito atento.

— Mas muito cuidado, porque chega a hora da impaciência, do mau humor e alguma imprevisibilidade.

Fiz um auto-exame, minha consciência dizia que era o meu caso.

Quantas vezes eu havia demonstrado minha inconformidade com reações pueris, maltratando Rosa com um procedimento lamentável, uma forma pública de mostrar meu desagrado?

Era eu e não sua mãe, seguramente, quem estava afetado pela tal moléstia.

A palestra do médico era muito didática:

— Organizem a casa — dizia ele —, não mexam demais, não façam muitas mudanças, mas retirem ou cubram os botões do fogão, a menos que haja certeza de companhia permanente, removam as trancas internas dos banheiros. Ocultem os documentos, dinheiro, cartões de crédito, mantenham tudo isso fora do seu alcance. Cuidado porque o doente costuma escondê-los e depois reclamar que foi roubado. Ele não sabe onde estão. Ah, coloquem etiquetas com nome nas roupas e um bracelete de identificação com nome, endereço e, de preferência, um número de contato.

Eu estava olhando para o espaço e o médico me chamou para a terra:

— Cuidado que o doente pode livrar-se disso, sumir e transformar sua busca num problema de muita angústia para vocês.

Olhei para Rosa. Ela seguia atentamente tudo o que o especialista dizia, e, embora segurando o material de divulgação que ele fornecera, anotava tudo. Sacudia a cabeça compreensivamente e fixava seus olhos claros no homem que para ela representava a esperança, com sua experiência e sabedoria.

Já eu seguia com atenção, mas procurando aplicar ao meu caso pessoal. Quantas e quantas vezes, imaginei, tinha tido os tais "brancos" de memória, ficando dois ou três dias tentando caçar em algum escaninho do cérebro o título de uma música ou o nome completo de um amigo.

Fiz minhas contas. Rosa tinha então pouco mais de quarenta anos; eu, sessenta e tantos. Minha sogra, um pouco mais. O efeito família era desprezível segundo o médico e, além do mais, quem disse que minha mãe e minha avó não tinham sido vítimas do Alzheimer? E quem me garantia que não começaria em mim uma linhagem de atingidos?

Pensei no ator Charlton Heston, lembrei-me da longa cena que tanto esforço lhe havia custado, como ele havia contado em diversas entrevistas, da corrida de bigas. Tive um pouco de pena de mim mesmo, recordando tantas noites de dedicado exercício com uma revistinha de palavras cruzadas entre as mãos e um dicionário ao lado.

Imaginei o pior. Pensei nas necessidades feitas na roupa, no uso de fraldas, nos passos perdidos por uma cidade estranha, na perda total, no oceano, nas trevas, no desperdício de tantos anos de leitura e dedicação, na fraqueza do espírito diante da prisão do corpo desorganizado. Sonhei com os olhos abertos imaginando o fim de toda uma construção, tornada inútil.

Meu olhar girava pelo teto do consultório, não me fixava mais nos simpáticos canecos de chope, nem nos diplomas engenhosamente emoldurados e ocupando com precisão os espaços disponíveis nas paredes, entre as estantes, ao lado dos interruptores ou junto à porta.

Eu voava. Indignei-me com o destino a que condenei minha pobre Rosa, certo de que tudo que ela ouvia hoje escutaria em meses ou anos, com outro paciente, mas com a mesma e lamentável história. E não se tratava de imaginação, era mesmo o que eu podia prever. Minha história médica apontava nesse sentido e parecia implacável. Mas, naquele momento, o que estava em jogo era nossa sanidade mental e a unidade do casal, a estabilidade do nosso lar e a saúde e sobrevivência da mãe de Rosa.

Ela não podia ser deixada só por um minuto, seria o naufrágio.

XXIII

Deixamos o consultório, destruídos. Fomos para casa e cada um se dedicou a suas necessidades. Depois, lembro-me bem, fui para a sala e pensei em apertar o controle remoto para ver televisão.

Foi quando Rosa me apareceu, estarrecida, segurando um folheto na mão. Parou à minha frente com o olhar esgazeado. Perguntei o que era, cheguei a sacudi-la duas ou três vezes, afinal compreendi o que ela queria me dizer e apanhei de suas mãos o tal papel.

Lembrei-me, nem sei por quê, do telegrama do pai, mas este era um impresso, e vi com clareza que na capa estava escrito "Doença de Alzheimer". Era um "guia para familiares, cuidadores e pacientes", conforme estava escrito. Até aí tudo bem, mas o que tanto espantava Rosa?

Ela sentou-se vagarosamente, como se estivesse hipnotizada, fez um sinal para suas costas na direção do quarto de dona Maria Margarida.

Achei que ela me pedia silêncio ou discrição.

Não, não era isso.

Sentei-me também, diante dela, tentei pegar suas mãos, fitei-a, pedi que falasse logo.

Sacudiu a cabeça, como se estivesse descrendo de alguma coisa ou negando um fato, e começou lentamente:

— Jamais poderia pensar que minha mãe...

Claro que eu sabia tanto quanto ela da doença de sua mãe. Afinal, estávamos os dois acompanhando tudo já há algum tempo e, pelo que diziam os médicos, o mal era irreversível, embora eles fossem ainda mais severos ao afirmar que o "diagnóstico de Alzheimer só se dá depois da morte".

— Encontrei isso em meio aos papéis de minha mãe, na mesinha-de-cabeceira dela. Fui vê-la, ela tinha ido ao banheiro, dei com aquilo. Meu Deus, nem sei o que pensar, mas penso o pior.

Abri o tal folheto, impresso em verde-claro. Era uma publicação cuidada, tinha até um instituto de psiquiatria que se responsabilizava por ele, era em tudo semelhante a outro um pouco mais colorido e didático que nos haviam dado e que levava o mesmo nome na capa e como subtítulo "Cuidando de pessoas queridas".

Comecei a ler, e vi que explicava pormenorizadamente o que acontecia com o doente a cada estágio. "Alguns dos sintomas iniciais observados são: perda significativa da memória de curto prazo; dificuldades com a linguagem (por exemplo, dificuldade para encontrar palavras); desorientação no tempo; perder-se em locais conhecidos; dificuldade para tomar decisões; perda da iniciativa e motivação; sinais de depressão e agressividade; diminuição de interesse por atividades e passatempos."

O folheto seguia descrevendo de imediato o que ocorria no "Estágio intermediário da DA" e, finalmente, "No estágio final da doença podem ocorrer". O mais curioso é que alguns tópicos estavam sublinhados.

"Dificuldades com a linguagem" tinha uma pequena marcação e "Vagar sem destino e perder-se" e "Não reconhecer parentes, amigos próximos e locais conhecidos", que diziam respeito às fases seguintes, estavam destacados com duas linhas de tinta.

Sem dúvida, quem lera o material fizera uma identificação de questões tidas como importantes, significativas.

— Então, Rosa, que tem? Foi você mesma que marcou?

— Pois isso é que é grave — respondeu-me com lágrimas nos olhos. — Foi ela, não eu.

Nosso material era guardado cuidadosamente, justamente para não cair em mãos de dona Maria Margarida, para que ela não soubesse do diagnóstico possível para sua doença. Fui verificar, o que eu guardava estava lá, intacto. Pedi que Rosa fizesse o mesmo. Ela foi ao nosso quarto, voltou com os seus folhetos em mão, em tudo semelhantes ao que fora encontrado, mas não só estavam bem conservados, como fechados num envelope, sem nada sublinhado ou marcado.

— Além de um problema, temos agora dois, e, de presente, um mistério! — disse eu.

Rosa ajoelhou-se à minha frente e foi rigorosamente racional como sempre tinha sido:

— Jura-me que nunca vais me mentir ou me enganar? Jura-me que nunca havias visto este papel? Jura-me?

Só me cabia responder que sim. Mesmo que eu tivesse alguma dúvida, não poderia fingir para mim mesmo e para ela, não era tão bom ator assim. Não, eu nunca vira o folheto.

— Pois então, meu querido, nosso caminho não é o especialista em neurologia, mas o psiquiatra. Minha mãe está nos mentindo. Por qualquer razão, ou porque teme a velhice, ou porque se julga doente, ou porque, e isso é muito pior, pretende — e já começou aliás! — nos chantagear. Ela está fingindo que está com Alzheimer. Ela estudou minuciosamente este papel e começou a cumprir as etapas, embora na pressa tenha misturado algumas coisas. Mas sem dúvida é isso. Quer ver uma coisa? O doutor ficou espantado quando narrei que ela se perdera e fora ter nas imediações da casa em que viveu com meu pai. Ele achou prematuro tal tipo de comportamento, ela estaria com o mal diagnosticado, mas ainda não se passaram três anos, nem isso. Ele não quis ser peremptório, porque ainda se conhece pouco sobre esta doença e poderia se enganar, ou quem sabe estar ela num estágio mais avançado do que se imaginara.

Foi a minha vez de ficar apatetado olhando para a frente.

Por seu turno, dona Maria, saltitante e feliz como uma debutante, saíra do banheiro e vinha agora em nossa direção para tomar parte na ceia, no lanche, qualquer coisa que fizéssemos, já que estávamos junto à mesa das habituais refeições em família. Ela nem suspeitava do que falávamos e Rosa me fez sinal para que me calasse.

Lembro-me bem desse dia porque tive vontade de rachar-lhe a cabeça e no entanto minha sogra se mostrava gentil e interessada em tudo o que fazíamos e nos cercava de gentilezas. Mais vontade tive ainda de lhe bater, mas tinha que me conter, é lógico.

Eu não conseguia tirar da cabeça que os três sintomas mais claros da doença, aqueles que nos haviam levado preocupadamente ao médico, eram os que estavam assinalados no folheto encontrado entre seus pertences. Ela não imaginava, não desconfiava de nada, porque Rosa o encontrara à nossa chegada, ela estava no banheiro e dali viera direto para a sala.

Fiquei contemplando aquela doce e gentil senhora que não dizia água nem sal e procurava sempre se manter discreta e obsequiosa, facilitando nossa vida em comum. É verdade que escutei algumas queixas de Rosa, que se dizia explorada pela mãe, mas não lhe dera muita atenção, achando que se tratava de pequenos exageros da convivência familiar. Não me passava pela cabeça que ela pudesse montar uma trama tão eficiente para nos preocupar e que nos fizesse acreditar piamente numa doença grave. E, o que é pior, correr para os médicos. Deu-me raiva.

Lógico que eu sabia que os exames que começariam a ser feitos poderiam desfazer a chantagem rapidamente, mas como opor-se a uma obstinada repetição de fatos notórios, do tipo: "Rosa, me alcance o sabonete", quando ela queria a manteiga, ou "Pigafé", quando falava comigo. No princípio eu tomara por conseqüência do hábito de tantos anos de vida em comum com o ex-marido, depois achei que era uma homenagem que ela me fazia e por fim passei a encarar como uma implicância de "velhice". Depois, com a possível interpretação do mal que a atingia como Alzheimer, tornei-me mais compreensivo e penalizado com a evolução dos fatos.

Mas, agora, com a descoberta da cilada que ela havia preparado, eu era tentado a pensar de outra forma. Só me ocorriam palavrões, reações violentas, vontade de chamá-la de "sem-vergonha".

Tudo isto eu pensava, enquanto ela se servia educadamente do pão, da manteiga, do café e do leite, do salame e do queijo. Perguntava como havia sido nossa tarde na cidade e polidamente procurava se informar se eu havia encontrado muitos amigos. Chocou-me ainda mais quando foi além dos seus hábitos e quis saber como iam as coisas no futebol.

Não resisti. Levantei-me, saí da sala, talvez um pouco ostensivamente demais, tanto que Rosa ficou me encarando por um instante. Arrastei ruidosamente a cadeira, como não era o meu hábito, e me retirei, buscando um pouco de ar e compreensão para a comédia ou tragédia que se desenhava à minha frente.

O pior era me sentir ator ou personagem do drama. Era para nós dois que ela estava representando, não era para o sr. Pigafé, distante e livre do perigo, nem para uma platéia de teatro repleta. E o mais chocante era que ela tinha estado brincando conosco. Eu e Rosa, que nos julgávamos tão superiores e senhores da situação, bem informados, atentos e preparados para os embates da vida. Eis aí uma situação que não havíamos imaginado. Nós, os fantoches, e dona Maria Margarida, a humilde primeira dama ejetada pelo carrasco Pigafé, a mover os cordéis em busca de uma melhora de situação.

Na próxima visita ao psiquiatra — se isto ainda viesse a ocorrer —, na certa ele nos explicaria que ela se sentira preterida e negligenciada e praticara uma infração menor, um pecado venial. Quisera chamar a atenção, apenas. Mas eu não tinha compaixão, tinha ódio. Queria, naquele momento, a cabeça da tal honrada senhora que me enganara miseravelmente e mostrara que idiotas éramos, eu e minha eficiente e capaz esposa e gerente.

Eu poderia antecipar, palavra por palavra, o que diria o simpático médico. Que precisávamos acompanhar pacientemente a evolução da doença, que, se não era Alzheimer, poderia vir a sê-lo, e que, de qualquer forma, era algum tipo de demência senil que se abatera sobre a pobre. "Uma pessoa chegar a esses extremos é porque está pedindo socorro!", diria ele.

O serão acabou rápido e todos se recolheram.

O café-da-manhã do dia seguinte foi algo chocante e perturbador.

Cheguei primeiro e peguei o jornal para ir lendo alguma coisa, quando dona Maria chegou e, sem dizer palavra, assentou-se em seu lugar habitual. Resmunguei um "bom dia" quase inidentificável, até porque não estava com vontade nenhuma de lhe desejar qualquer coisa de bom, e continuei minha leitura. Ela ficou remexendo nos alimentos, servindo-se, indo e vindo da cozinha — pela manhã não tínhamos mais a presença de uma empregada doméstica —, a todo o momento espreitando a possível chegada de Rosa.

Minha mulher se demorou, acho que de propósito, não havíamos conversado sobre o assunto durante a noite, e talvez ela estivesse adiando qualquer coisa, para se proteger ou evitar ferir-se ainda mais. Retardou-se o que pôde mas não conseguiu evitar o encontro coletivo. Sentou-se também sem dizer palavra além de um resmonear que passou por "bom dia" e foi tratando de se servir. A mãe a olhava, esperando a deixa para falar sobre qualquer coisa, tipo chove ou não, no entanto Rosa não dava chance. Fixava-se no prato e na xícara, no pão e no leite, e ia se concentrando ou se alheando, enquanto eu mergulhava no jornal, muito pequeno para esconder-me, mas o suficiente para servir de barreira. Como desculpa, eu tinha o fato de haver levantado primeiro, me servido antes e estar em condições de, a qualquer momento, me retirar dali.

A modesta e humilde senhora de sempre voltara a se encarnar em dona Maria Margarida. Atenta aos mínimos gestos nossos, procurava servir como se fosse uma criada e tentava adivinhar qual seria o passo seguinte, meu e de Rosa. Não falava, mas tinha um sorriso pendente franzindo a boca.

Eu já desistira da idéia de assassiná-la, pelos inconvenientes que me traria, mas, no íntimo, trucidá-la continuava a me encantar a mente. Literalmente, torcer-lhe o pescoço, arrancá-la da nossa intimidade, fazer com que fosse viver o expurgo em que se imaginara a ponto de criar uma tal artimanha.

Tive pena. Já usara como argumento para mim aquilo que diria o psiquiatra e estava convencido de que ele tinha razão. Coloquei-me no lugar dela, sentindo-me alijado da casa do marido, tolerado na casa da filha, detestada pelo genro — que por seu turno não aprovava — e ficando velho e doente. "Isso vai suceder comigo!", pensei logo. "Também eu acabarei arquivado, possivelmente com o mesmo mal que ela."

Estava começando a me dispor a retomar os contatos normais, mostrar que eu era tolerante e correto, que não tinha restrições à presença dela e que amava tanto sua filha que seria capaz de ceder em tudo.

Foi quando ela virou-se para Rosa e a chamou de Eulália. Rosa não entendeu ou fez que não havia compreendido. Eulália era o nome da nossa nova cozinheira, substituíra Maruva, viria no fim da manhã para tratar do almoço. Mãe e filha olharam-se, imperturbáveis. Rosa fez menção de atendê-la, depois recuou, e dona Maria, pegando bondosamente a sua mão, disse em tom amigo:

— Vá lá, Eulália, conte-me sobre teu marido!

Entrei em pé de guerra. O marido citado era eu ou minha mulher não era mais a filha para ela e sim a cozinheira. Rosa ficou estupefata, imóvel, aguardando o lance seguinte. Eu baixei o jornal rispidamente, encarei-a, estava pronto a dar o primeiro tiro, Rosa tocou-me de leve na perna sob a mesa para que eu me controlasse, e dona Maria ergueu-se, como se estivesse confusa, e se recolheu ao quarto.

Ficamos os dois, à deriva, atingidos na linha de flutuação como se fôssemos barcos desamparados.

Quem primeiro se recuperou foi Rosa, como era de se imaginar. Ela tinha mais estrutura, mais fibra do que eu, e, embora atingida mais diretamente, afinal dizia respeito à sua mãe, teve mais serenidade para agir.

Como sempre fazia diante de situações difíceis, colocou-se diante de mim com as pernas estaqueadas, sem nenhuma feminilidade, parecia ser esse o recado, naquele momento ela era um homem, os braços cruzados, e olhando-me firme iniciou a elaboração do problema.

— Não podemos contemporizar. Se ela está de fato simulando, está agindo conscientemente e tem, portanto, objetivos claros. Não podemos permitir que ela nos engane e leve na embrulhada os médicos e todos os que tentam se aproximar ou ajudar. Ela tropeçou agora em meu nome. Num segundo estágio da doença, poderia acontecer. Como pegamos aquele folheto com as frases sublinhadas, suspeitamos que ela sabe muito bem o que está fazendo. Também podemos imaginar por que ela está agindo assim. Mas o importante não é isso. Temos é que dar um fim a isto ou acelerar o tratamento, se isso é possível. Ou ela mente a todos e nos engana, ou mente a si mesma e está doente. Aliás, penso que está doente mesmo, seja qual for a verdade sobre seu estado de saúde.

Saí da minha letargia, abandonando a idéia de surrá-la com o jornal ou com algum chicote. Tinha que me controlar, mostrar-me civilizado, e, apesar de tudo, agir com tolerância e compreensão.

Ou ela sabia demais ou perdera o controle.

Disse a Rosa que teríamos de levá-la de novo ao psiquiatra e que nos conviria uma boa pausa, depois das primeiras providências.

— Daqui a pouco não estaremos mais ajudando e sim nos afundando junto com a doença dela.

XXIV

Não sei se ela nos escutava ou se por acaso tivera o pressentimento de que falávamos sobre os acontecimentos, o fato é que em breve ouvimos o ruído da porta do quarto e nos calamos, enquanto ela se aproximava com uma expressão beatífica estampada na face. Não caminhava, flutuava pelo corredor. Achegou-se humilde e foi ficando de lado, enquanto engolíamos em seco. Voltei a fingir atenção ao jornal e minha mulher concluiu a tarefa de tirar a mesa e levar a louça para a cozinha. Dona Maria foi atrás e de longe escutei a conversa. Parecia algo trivial, ouvi soar o nome de Rosa, sinal de que ela deixara de lado o engano ou a implicância. Parecia que tudo voltava ao normal e deslizava nos trilhos da realidade.

Durante dias seguidos tivemos um belo refresco. Não houve discussões, divergências importantes, dona Maria Margarida retomou sua apagada rotina e não só cumpriu com todas as suas tarefas como não se enganou com o nome de ninguém. Nem sequer se apertou com referências a questões recentes, coisas do dia-a-dia, nada que pudesse apontar um agravamento do mal. Pelo contrário. Tudo melhorou tanto que cheguei a comentar com Rosa que se produzira, na certa, uma recuperação no seu estado geral. A doença regredira, se de fato alguma vez existira, ou ela havia desistido de continuar com as simulações. Encerrara a chantagem. Pelo menos parecia.

Sinceramente eu esperava que sim, que aquele episódio estivesse encerrado e que nos sobrasse algum tempo para fruir nossa convivência, nos últimos tempos abalada pelo drama de uma possível demência senil, como nos acenaram os médicos. Ninguém fingia uma doença como o mal de Alzheimer e, se ela havia feito isto, então era por estar tão doente como se o tivesse efetivamente. Não mudava muito, apenas a natureza da enfermidade, os efeitos seriam parecidos, as questões a resolver permaneceriam de pé.

Nada para comemorar, portanto. Apenas manter uma atenção concentrada e não correr o risco de adoecer também. Estávamos proibidos. Eu, bem mais próximo dela por idade, que só ao ler a orientação médica já me julgava atingido, redobrei meus cuidados e comecei a fazer duros exercícios de memória. Fiquei sabendo que os cientistas haviam identificado uma molécula responsável por certos problemas, chamada PP1, uma espécie de proteína que ajudava o cérebro a apagar informações não desejáveis ou dispensáveis.

— Acumulamos tanta coisa — explicou-me o especialista — que nosso cérebro dispensa o que não é importante. Ele apaga, faz um serviço automatizado. Por isso é preciso controlar muito e não acumular em nossa memória informações desimportantes.

Ilustrou com a velha história de que os americanos não guardavam números de telefone na cabeça. Faziam anotações ou deixavam registrados em seus aparelhos fixos ou celulares, para utilizar na hora necessária. Nada de guardar inutilidades.

"Imagine eu", pensei, tentando consolar-me, "há anos arquivando bobagens. Sei até o time do Pelotas que foi campeão do estado, sei de cor a escalação das seleções do Brasil, da Argentina, da Itália, o nome completo de papas, Karol Wojtila, Eugênio Pacelli, Albino Luciani, sim 'O Papa Sorriso', que durara um mês no cargo, a tabuada inteira, a Lei da Relatividade, o que Diógenes disse a Alexandre, o Grande, a respeito do Sol".

Refleti sobre idiotice e penalizei-me. "Faltou-me orientação, daqui a uns dias minha cabeça estoura com todas estas inutilidades e vou babar na gravata."

Rosa, que não acompanhava minhas elucubrações e sintetizava tudo o que se poderia classificar no adjetivo "destemida", lutava por três naquele momento. "O dia em que ela adoecer, sim, a casa cai", pensei.

Naquele momento, o que necessitávamos era de calma, ponderação, orientação médica e uma boa farmácia em casa, e além de tudo meios para enfrentar a compra da cara medicação necessária.

Foi quando dona Maria Margarida pediu a Rosa que a limpasse, porque não conseguia dobrar o braço para fazer a higiene. Ria muito, depois ficou silenciosa e triste. Minha mulher apavorou-se, reconhecíamos aquilo como uma etapa na marcha silenciosa e destrutiva da doença e achamos que, mais uma vez, havíamos negligenciado o terrível mal.

A boa mulher estava efetivamente doente e não nos enganara. Nós é que havíamos precipitadamente concluído que ela chantageara.

XXV

Senti-me o último na longa escala da espécie humana e Rosa chorou muito, toda a noite em nosso quarto, mas não se queixou da sorte. Lá pelas tantas enxugou os olhos, preparou-se para dormir o último quarto que restava da madrugada e, antes de cerrar os olhos me disse:

— Amanhã começa tudo de novo. Vamos ao médico, vamos repetir os exames necessários, retomar os medicamentos.

Eu só disse sim. Por solidariedade. Estava indignado, estava achando que se tratava de uma conspiração para destruir nossa felicidade.

"É inveja demais!", cheguei a escrever um bilhete para deixar com Rosa, por falta de coragem para encará-la.

A carta do nosso amigo padre foi decisiva para desencadear um novo estado de ânimo e nos propiciar uma mudança. Era como se tivéssemos a pausa que eu chegara a propor.

Foi aliás num sábado pela manhã, o carteiro nunca entregava correspondência aos sábados, abrira uma exceção. Eu estava tomando meu chimarrão das dez horas, os cachorros começaram a latir, fui verificar o que era, a tal carta havia chegado.

Recolhi-a da caixa de correspondência, no caminho fui abrindo o envelope, curioso por iniciar logo a leitura. Godofredo prometera escrever e tardara tanto. Havíamos enviado informações, ele respondera laconicamente num bilhete informando que escreveria mais longamente, mas passava o tempo, e nada.

Godofredo havia se transformado num bom padre. Se o início da sua carreira fora de fato promissor, agora com a bênção do Vaticano, com a sua longa estada entre os melhores dos melhores da Igreja Católica mundial, por certo se havia aprimorado.

"Diariamente", escrevia ele, "tenho me ajoelhado diante da catedral, ali mesmo na praça onde os romeiros se reúnem, na esperança de que a televisão qualquer dia desses me foque e mostre nos noticiários que vocês acompanham. Realizado este milagre, vocês dirão: 'Aquele ali é o Godofredo, nosso amigo padre, e está rezando por nós.' Estarei, podem estar certos, como tenho estado todo este tempo, acompanhando de longe vosso sofrimento e compreendendo como tem sido duro, como é pesada a tarefa que vos tocou e como a têm cumprido como verdadeiros cristãos. Em verdade não sei de muitos que tenham tido a vossa paciência, compreensão e elevado espírito de sacrifício. Mas ouçam o que lhes tenho a dizer: aqui há uma intensa pesquisa científica em andamento e já se sabe que é possível prevenir este mal terrível. E mais: se é mesmo incurável, como dizem, há como controlar seu andamento. Retardar seus efeitos. E por fim, um pouco de misericórdia com o enfermo nos fará compreender que o pobre paciente, quando ultrapassar a linha que lhe será fatal, ao sentir-se a caminho de um total colapso, perceberá ou desmemoriado e esquecido de quem é, foi ou virá a ser, nada lhe terá significado."

O padre juntara alguns recortes do *La Repubblica*, de Roma, e do *Corriere della Sera*, de Milão, para apoiar suas afirmações. A não ser pela promessa de suas orações, não nos mandara nada de novo, tudo era sabido e conhecido por aqui, como sucede hoje em dia com qualquer notícia importante que logo roda o mundo. Mas havia sim, de diferente, o cuidado com a pesquisa e a opinião de cientistas italianos sobre a questão. Citaram casos famosos, lembraram papas, atores, políticos, escritores. Churchill, Stalin, Pinochet, Tolstoi, Nietzsche estavam na lista. Falavam de vários estadistas atingidos por doenças progressivas, fatais, incapacitadoras. Davam conselhos, enumeravam medicamentos e procedimentos.

E lá no meio, uma notinha perdida mas que fisguei com minha habilidade característica, fruto de uma longa tradição de procurar pérolas perdidas, com o pequeno título de *"Eppur si muove"* lembrava Galileo Galilei. "Era um fingidor", dizia o jornal, "com bons motivos. Fugir ao castigo, ao anátema da Igreja." Não era o *L'Osservatore Romano*, é óbvio, mas alinhava com perfeição o redator a história do cientista que se opusera ao Vaticano, defendendo que a Terra girava em torno ao Sol, ao contrário do que se defendia como questão fechada. E seguia então o jornal explicando que é muito comum um doente fingir-se mais doente ainda, ou alguém aparentemente são apresentar-se como adoentado, para conseguir mais atenções, acompanhamento, presença de familiares e até dinheiro, ou, em certos casos, a salvação, a liberdade, a vida.

Mostrei a Rosa e, quando fui fazê-lo, caiu um bilhetinho final de dentro do envelope, que me apressei a juntar e ler, abismado: "Amigos", dizia Godofredo, "é um comunicado de última hora, mas acho que irreversível: estou abandonando a batina. Não, não apenas a veste, mas a carreira sacerdotal. Apaixonei-me. Mandarei detalhes."

Não preciso dizer que isto era muito mais importante do que a carta toda e nem Rosa nem eu nos preocupamos com o que ele mandara, comentários, recortes. Tudo tinha a ver agora com a decisão do amigo, ainda sem explicação suficiente, mas, a julgar pela forma, sem volta.

Confessei então e confessaria hoje que não esperava por aquela. Apesar de todas as liberdades e brincadeiras que sempre tomei com Godofredo, nunca me passaria pela cabeça que ele largaria a batina, digo, a carreira sacerdotal. Não conhecia até então e não conheci depois alguém tão moldado para isto quanto ele. Um homem sério, agindo sempre de acordo com a ética, com os seus princípios, com seriedade, sem exageros também, e capaz de se comunicar com eficiência e até, de vez em quando, mostrar seu lado extrovertido e bem-humorado.

— Que perda para a Igreja! — dizia eu, exaltado, pelos corredores da casa. Rosa me pedia prudência, menos comentários, dizendo que ele acabaria voltando atrás. Se estava "apaixonado" — como dissera —, estava sujeito a uma decepção amorosa e então poderia rever sua decisão.

— Será uma italiana tipo Sophia Loren? — perguntava eu.

Em breve teríamos satisfeita toda a nossa curiosidade. O envelope seguinte, com o enorme selo do Vaticano a demarcar o recanto superior direito, chegou dez dias depois, e gordo, com texto e fotos. Não havia dúvidas de que nosso amigo fizera uma bela escolha, se fôssemos considerar apenas os aspectos externos. Eu disse a Rosa:

— É uma deusa.

— Então — respondeu-me ela com um humor ferino que por vezes ostentava e sempre me surpreendia —, o nosso padre mudou de religião?

As fotos mostravam o bom Godofredo na pose característica de turista, de costas para a Fontana di Trevi, onde acabara de jogar as três moedas da sorte, na Piazza Navona diante do rico palácio Doria Pamphili, onde tremulava no mastro da embaixada a bandeira do Brasil, e, para que mais pasmos ficássemos, na frente da Igreja de São Pedro. De braços dados, o padre e a moça.

Ou melhor: o ex-padre e a moça.

Rosa quebrou meu encantamento:

— Que "ex" que nada. Ele está é vivendo uma das tais crises existenciais. Imagine só, uma Sophia Loren dessas se tocou para cima dele e o pobrezinho tastaviou, como se diz aqui no Sul. Ele não pode ser "ex-padre", para isso teria que obter uma licença papal, e nem morando num quarto no mesmo corredor que o papa ele a teria com tanta velocidade assim. Implica um processo. A Santa Madre Igreja não livra seus filhos com tanta facilidade, ainda mais os que ela consegue atrair ao ponto de transformá-los em ministros. Não mesmo. Você vai ver: agora entregam nosso Godofredo a um confessor e ele será "orientado". Duvido que troque as hóstias e alfaias por esta... não a conheço, "virtuosa" dona.

Palavras que me soaram sábias, encontrei nelas um para mim inesperado conhecimento da vida e da religião e seus meandros.

"Que guriazinha!", pensei, juro que raciocinando com a expressão típica dos pampas na cabeça. A verdade é que ela botara a realidade na minha mesa. Como sempre, aliás. Se alguém me perguntasse quem era mais objetivo, o homem ou a mulher, depois de conhecer Rosa Pigafé eu estaria sempre tentado a responder que isso era coisa do sexo feminino. Não que ela não tivesse seus sonhos, suas fantasias românticas. Mas estava com os pés bem fincados na terra e acordava bem antes do que eu.

O episódio do padre Godofredo serviu para desviar-nos dos problemas de sempre e, conseqüentemente, da possível doença ou fingimento de dona Maria. Se ela continuava ou não com seus altos e baixos ou buscando chamar a atenção, nem me dei conta porque em verdade só pensava em meu amigo padre ou ex-padre, jogando fora seu sonho e seu trabalho de tantos anos em troca dos lençóis de uma bela italiana. O que faria eu em seu lugar? Provavelmente o mesmo. Nesse caso, se ele reagisse como eu, a realidade estaria à espera dele na volta da esquina, e pronto a Igreja teria de regresso ao seu seio amplo, farto e misericordioso o filho pródigo.

Enquanto não chegava uma nova carta com tais novidades, ou com a confirmação da fuga de Godofredo para as atrações do sexo e da liberdade, eu ficava recordando nossas longas conversas. Lembrei-me de que ele havia defendido sempre, com muita ênfase, a opção como uma decisão de consciência e que não aceitava minhas provocações sobre o fim do celibato.

Roma tê-lo corrompido não seria, convenhamos, nenhuma novidade na história... Quando se produzia um ruído no portão, eu corria à porta para verificar se era o carteiro com um novo envelope selado no Vaticano. Nunca era.

Em compensação, aos poucos retomamos a realidade da nossa casa. Ou seja: compras, empregados, despesas e dona Maria e seu errático comportamento. De tão incerto, contudo, acabou se tornando normal para nós. Já não estranhávamos mais quando ela tropeçava em alguma palavra ou esquecia o nome de alguém. Virara rotina. Sabíamos que a qualquer momento poderíamos esperar seus enganos e apenas aperfeiçoamos, como garantia, a segurança em torno dela, sempre a conselho médico. Eu mesmo tirei as trancas internas dos banheiros e Rosa se encarregou de esconder, bem longe dela, dinheiro e documentos. Mandou providenciar uma pulseira com identificação e telefone e pediu secretamente o auxílio dos vizinhos, aqueles que a idolatravam como uma princesa atenta que cuidava dos problemas dos excluídos. E desconfio que cuidava mesmo. Sei que distribuía nossas sobras e mais do que isso, alguma coisa que não sobrava, mas que ela acrescentava às nossas compras, entre os mais necessitados, e eu via, fingia que não via, que saíam alguns muito felizes com pacotes pela porta dos fundos. Mesmo os empregados da casa gozavam de uma grande liberalidade, embora, deva confessar, sob controle. Ela não se permitia deixar roubar. Estava sempre atenta, mas era boa, fazia caridade como antigamente as grandes damas o faziam, antes que a pressão social tornasse aquela condição incômoda e condenável. Lembro-me das famílias ricas que migravam do pampa para Porto Alegre e lá acolhiam com alegria estudantes de todos os níveis econômicos e sociais da sua terra natal. Rosa lembrava-me dona Marina e outras senhoras do seu grupo, que percorriam as "repúblicas", distribuíam comida, agasalhos no inverno e até algum dinheiro para os mais necessitados. Havia até quem abrigasse os jovens em quartos, dependências junto à garagem ou até mesmo junto com os próprios filhos. Esses eram outros tempos. Nem sei se havia ainda alguém que fizesse isso, mas Rosa era simplesmente reverenciada em nosso pequeno feudo.

Pensando nos perigos de uma incapacitação física e intelectual, eu tratava de me preparar com todos os recursos de que dispunha e sabia adequados. Desde o simples treinamento da memória até os remédios preventivos. Via rondar meu futuro o presságio do mesmo mal que pensávamos estar atingindo dona Maria Margarida, mas sem disfarces nem simulações. E não poucas vezes perdi o sono no meio da madrugada, imaginando o quanto iria ser atingido e irremediavelmente atingido, diga-se.

XXVI

Comecei a me organizar. Sob este ponto de vista, a ameaça do Alzheimer até que foi útil. Peguei um grande caderno onde anotei, página após página, todo o estado dos meus negócios, telefones e endereços de contato e algumas instruções dirigidas a Rosa, para que ela não se perdesse em caso de minha incapacidade ou falecimento.

Certa manhã, após o café, disse-lhe:

— Naquela gaveta ali, no livrão de capa grossa, está tudo sobre mim e meus negócios, imposto de renda, o campo, tudo.

Rosa apenas olhou-me e disfarçou sua compreensão, suspeita ou satisfação, ou as três somadas, com a interrupção por cinco segundos em sua refeição, um gole e a retomada da conversa no assunto anterior. O tema era o padre e a demora da nova comunicação.

— Não sei por que, mas a carta dele sempre chega aos sábados — disse eu, como se aquilo fosse algo mágico. A verdade é que estávamos ansiosos, não tanto que se justificasse um telefonema internacional, afinal de contas não podíamos "invadi-lo", mas além da curiosidade, o hábito da velha amizade, uma sincera preocupação com os caminhos que ele tomaria e um bom desvio de nossos problemas com dona Maria eram suficiente motivação. Apesar de nossa desconfiança de que ela fingia, continuávamos mantendo nossa freqüência aos médicos e a eles informávamos o que poderia ser o progresso da doença ou a capacidade de simulação por parte dela. Anotávamos com atenção, como nos haviam eles determinado, e assim tínhamos, a cada quinze dias, um bom relato a fazer.

A medicação era mantida e a consulta direta da paciente também, a cada sessenta dias, mais ou menos. Tudo aquilo saía muito caro, mas era necessário. E ainda mais caro num país onde ou se faz um seguro-saúde privado ou se passa as noites nas filas para obter uma ficha de atendimento. Bem, sou obrigado a convir que isto não é bem verdade, para quem se dispõe a gastar alguns trocados ou pouco mais, entrar na fila era dispensável: basta pagar para que alguém ficasse lá até receber a tal senha ou ficha. Com entrega em casa e tudo. Muito prático... Melhor, contudo, ter um plano particular de saúde.

Quanto ao padre, não recebemos carta nem naquela semana, nem na outra, tampouco nos meses seguintes.

— Ele está vivendo uma senhora crise! — comentei com Rosa. Já havíamos enviado três cartas, em resposta ao seu famoso envelopão com as fotos, e desde então nada! Inutilmente aguardávamos o carteiro, até falei com ele, disse-me que não chegara nada, mas que, qualquer coisa, telefonaria. Não telefonou, nem trouxe nada. Tudo no maior e mais suspeito silêncio.

Enquanto isso, tínhamos a atenção voltada para nossa doente e para nossos próprios problemas. No meu caso, vi avançarem todas as moléstias características do frio Sul. Artritismo, colesterol alto, dores nas articulações e uma perigosa perda de memória. Pensei até em consultar um especialista argentino, professor convidado na universidade, no entanto soube que ele estava proibido de clinicar. O homem era sumidade internacional em sua área, mas para atuar no Brasil teria que revalidar seu diploma.

Uma noite de agosto, estava debruçado sobre minha mesa de trabalho, quando ouvi baterem palmas no portão. "Puxa", pensei, "será que o seu Edilton se desentendeu com o filho, outra vez?" Não ouvi gritos, fui logo atender. Pois era o carteiro. Algo de surpreendente mesmo: o rapaz me disse que havia voltado para a repartição e que havia chegado da capital um bom pacote de cartas. Ele dera uma olhada rápida e encontrou logo esta, que parecia uma encomenda especial e tão esperada por nós que achou melhor entregá-la ainda no mesmo dia. Por isso, pedia desculpas pelo horário, mas viera o mais rápido que pudera.

Antes de abraçá-lo, quase beijá-lo, oferecer-lhe de tudo, desde carona de automóvel para algum lugar, aperitivo ou jantar, tudo o que me ocorria, pensei na bondade e na qualidade daquele humilde servidor dos correios. Ah, se eu pudesse escreveria para a direção da empresa para apontá-lo como exemplo de funcionário público! Ele tinha razão, provinha de Roma, mais propriamente do Vaticano o tal envelope, lá estava o característico e belo selo, e vinha recheado. Na certa, além da carta, jornais, revistas, fotografias, algo assim, justificando a longa ausência de Godofredo que firmava como remetente "Padre Godofredo". Aquele foi o primeiro sinal, imaginei, assim como Rosa, que se tratava do comunicado sobre sua reconsideração e a permanência nas hostes eclesiásticas.

Sentamo-nos, lado a lado, para ler tudo o que nos enviava, rico e diversificado material como de costume, mas sobretudo para encontrar a explicação para a longa demora. Lá estava, de saída, grafado com a letra caligráfica do amigo: "Desculpem. Durante três meses não fui o padre Godofredo que agora vos escreve, mas apenas um homem envolvido numa louca aventura, incapaz de discernir entre o bem e o mal, quanto mais acreditar que pudesse estar equivocado. Consultei até o embaixador do Brasil, para que vocês tenham uma idéia. Ele então me marcou uma segunda visita e, quando retornei à embaixada, descobri que não era mais o mesmo embaixador em Roma, porque o haviam substituído. Contaram-me uma história complicada envolvendo-o com um político brasileiro seu amigo que caíra em desgraça. Ele acompanhou o amigo na queda. Pensem bem, eu não tinha a quem apelar. Não que eu não pudesse escrever-lhes, no entanto não pretendia sobrecarregá-los com meus problemas. A propósito, como vai dona Maria? Pelos recortes que envio, percebem que não me descurei disso. A *ragazza* italiana que conheci era uma espécie de deusa em tudo. Na inteligência, na informação, na cultura, algo com que eu estava desacostumado a ver em minhas paroquianas... Sem falar na beleza deslumbrante. Havia muito que eu não olhava uma mulher, por mais de trinta segundos, considerando estes aspectos externos. Mulher para mim era apenas um ser igual ao homem, outro sexo e pronto! Mesmo no Vaticano, onde o assédio é muito maior. É lógico que o ser humano não pode ser imune à beleza, ainda mais aqui, onde afinal de contas está a Capela Sistina. Não posso descrever-vos minha emoção e quantas e quantas vezes, nesses primeiros doze meses (então, já lá se foi um ano, hein?) de minha permanência, sentei-me a contemplar e a pensar nos dedos daquele mestre pintando ou orientando seus assistentes. Michelangelo é uma presença aqui, como vocês sabem, mas não só pela capela fantástica ou pela *Pietà*. É dele a própria cúpula da igreja de São Pedro. Assim como andar nas ruas romanas é uma permanente lição. Mas eu vestia uma batina como o seu Anacoluto tantas vezes me disse, para me provocar eu sei, e andava pelas ruas de Roma. Se eu dissesse que não lembro mais por onde, estaria mentindo. Eu caminhava nas proximidades da Piazza della Repubblica. Estava justo ali perto da sede do Partido Comunista, quando vi aquela deusa sair do seu carro. Ela estacionara em fila dupla, vi quando o *carabiniere* chamou-lhe a atenção e ela pediu que ele tomasse conta da sua viatura. Incrível! O que no Brasil, talvez em qualquer lugar, renderia uma boa multa, quem sabe com o guinchamento do veículo, ali tinha poderes mágicos. Ou seria dela que emanava tanta sedução? O fato é que não aconteceu nada com ela e com o seu carro. Ela atravessou a praça com a elegância de seus vinte e poucos anos, bem-vestida, disposta, alegre. Eu fiquei acompanhando-a com o olhar espantado e comecei, lentamente, a completar o meu trajeto. Ela voltou-se e me olhou duas vezes. Fingi que não era comigo e entrei numa pequena livraria. Desafiadoramente, ela entrou atrás. Quando eu estava com um volume nas mãos, ainda me lembro bem, *A Milano non fa freddo* era o título, ela me tomou. Com suas pupilas cor de mel cravou-me o mais profundo e avassalador olhar de que tenho recordação e eu fiquei enrubescido. Foi o que bastou para ela achar aquilo lindo, emocionante, ela mesma me disse. E assim começou. Não preciso dizer que de um sorvete na Piazza Navona evoluímos para um jantar num pequeno restaurante que, curiosamente, haviam batizado de La Bucca dei Papi. Perguntei ao garçom se

Sua Santidade o freqüentava e ouvi a resposta que queria ou pedia: *Non, il Papa no. Peró, la moglie...*, Era o humor romano e a ele já estava habituado. Mesmo o *cameriere* não sabia se eu era um padre ou um farsante. Era muito comum usarem disfarces e batinas se compravam. Há lojas especializadas. Mas creio que estou chateando vocês e tomando vosso tempo com detalhes dispensáveis. O romance engrenou logo de saída. Naquela mesma noite, pequei. Não voltei para minha hospedaria próxima aos muros do Vaticano, onde eu pagava uma ninharia e o restante o bispado de Pelotas o fazia, e dormi numa ruazinha sossegada, dos arredores de Roma, com chão batido, algo inimaginável para os turistas. Ali conheci o amor em toda a sua amplitude. Me reservo o direito de não contar os detalhes, pois qualquer romance barato ou telenovela o faria melhor. Não dormi. Amanheci em meio aos perfumes, aos tecidos caros e ao café cheiroso que aquela deusa me serviu. E mais: ela mostrou-me sua coleção de pinturas, seus livros, seus discos, e eu me perdi em meio àquele monumento que eu julgaria inacessível. E impossível também. Aos poucos fui me dando conta do poço onde me havia atirado e não quis me salvar. Dia após dia, só o que desejava era livrar-me dos compromissos oficiais, sair correndo, atravessar a cidade e refugiar-me entre os braços daquela cortesã, que me parecia não uma Messalina, mas uma virgem santa que me protegeria e me ensinaria o caminho verdadeiro da vida. Assim foi durante três meses. Eu negligenciava meus compromissos com o curso, chegava atrasado às missas, não me interessava em comungar, muito menos em confessar-me. Havia descoberto tudo o que me tinham ocultado na primeira parte de minha vida. E agora compreendia o que me deixavam no ar, as insinuações, os olhares, os comentários que me escapavam ou aos quais eu me furtava de ouvir, para bloquear qualquer tropeço, quando ainda vivia no Brasil. Mas a história era outra. Eu estava na Itália com tudo pago, com a única obrigação de passar voando por um curso que ninguém saberia até que ponto eu aproveitara, a não ser a Santa Madre Igreja pelo controle sobre minhas notas. E estas eu levava no capricho. Naturalmente tive crises de consciência terríveis. Aos poucos voltei a me conscientizar de que o importante em minha vida não era aquele episódio romântico e sim, digamos, usando a linguagem antiga da Igreja, ou da antiga Igreja se preferirem, "voltar ao bom caminho". Pois esta serve para dizer-vos que voltei. Ou melhor: fui recambiado à trilha certa. Tudo se passou assim: há uma capela antiga perto do centro de Roma e andava uma tarde por suas proximidades, decepcionado com algumas desatenções da minha *donna* e imaginando se ela estava se cansando do namorado brasileiro. Ajoelhei-me bem no centro da nave e fiquei escutando uma suave música que escapava do órgão principal. Alguém se exercitava, quem sabe, pois eram três horas da tarde e não havia nenhuma cerimônia. Com os olhos fixos no altar barroco e no crucifixo enorme que a ele se sobrepunha, deixei meu pensamento voar e voar. Lembrei-me de nossas amáveis tertúlias, dos tempos em que nos dedicávamos a salvar o mundo e das saudáveis provocações do amigo Anacoluto. Tive muita pena e imensa saudade. Pensei que poderia tê-los ali, ao pé de mim, mas ao mesmo tempo sonhava em voltar ao Brasil. Achei que estavam considerando uma desonra à nossa velha amizade minha atitude de romper com a carreira eclesiástica e sair atrás de um rabo-de-saia e então, apesar de todas as satisfações e emoções incontáveis que a italiana me propiciou, fiz um balanço decisivo. Quando me ergui, tanto tempo passara que a penumbra já invadira a igrejinha. Estava diante de um dilema: ou tomava uma condução até à casa da minha amada ou regressava ao Vaticano, pedia um confessor e encerrava minha aventura. Lentamente saí e caminhei pelas ruas centrais da grande cidade, pisando aquelas pedras que seguramente foram socadas pelos soldados do Império Romano ou pelo menos pisoteadas por mais de vinte séculos de história. Passei pela Piazza Argentina, onde estão as ruínas de tantos foros, e me distraí. No fim, caminhei de volta à Santa Sé e achei que ela me abria os braços. 'Venha, filho pródigo!' Não fora uma decisão de momento, mas a amargura que vinha tomando conta de minha vida estava me envenenando, hora após hora. A decisão foi, acima de qualquer coisa, uma solução. Melhor do que uma indecisão permanente. Atravessei pelo Castel de Sant'Angelo, que é por onde gosto de ingressar no Trastevere, e cheguei a rir comigo mesmo, lembrando uma piada de amigos brasileiros: "Nel Trastevere? Ali só moram o papa *e suoi puttane...*" — misturando alegremente brincadeira com coisas sérias, um pouco de português, um pouco de italiano, lembrando que naquela zona além do rio Tibre vivem apenas o papa e "suas putas", há muitas circulando pelas ruas, inclusive morando na zona, onde há diversos restaurantes também. Mas diante do Sant'Angelo não se pode deixar de refletir sobre o grande imperador que está ali sepultado, é o túmulo de Adriano. E assim fui voltando para o seio da Igreja, caminhando lentamente enquanto a noite começava, e cheguei ainda a tempo de me ajoelhar num confessionário em plena basílica, já fechada para os turistas, e relatar a um padrezinho negro, acho que de Luanda, que me ouviu pacientemente e me absolveu com um sábio conselho: 'Reze, meu filho, sempre que o desejo retornar. Mas lembre que um dia ele irá embora e sua existência na terra é uma só. Administre-a bem.' Rezei e muitas vezes, me lembrando do colega africano, mas acho que enxotei a tentação. Tanto que ao cabo de três dias tive a coragem de pegar o telefone e comunicar com imperturbável serenidade à minha adorada italiana que não queria mais vê-la e que havia optado pela carreira sacerdotal. Ela disse duas ou três coisas impertinentes e prometeu procurar-me no Vaticano. Certa manhã fiquei gelado de assombro porque, enquanto ajudava uma missa oficiada por um cardeal brasileiro, ela caminhou pelo meio da nave da capela onde estávamos, linda, esvoaçante num vestido vermelho provocativo que até chamou a atenção de alguns fiéis. No entanto sumiu. Fiquei escondido na sacristia e quando saí, pelos corredores internos, caminhei por vários edifícios até meus aposentos e não a vi mais. Nunca mais. Acho que foi a despedida. Esta noite escrevi esta longa carta e amanhã de manhã eu a coloco nos correios. Espero que vocês a recebam na próxima semana. E para encerrar, desejando a todos felicidades, pergunto como vão e como está dona Maria Margarida. E aviso que estarei no Brasil para as festas de Natal. Um abraço do padre Godofredo."

Acho que estávamos precisando de alguma serenidade, algum tipo de tranqüilizante, porque festejamos juntos, eu e Rosa, aquela carta do nosso amigo, como se fosse uma sorte grande. Tínhamos ficado muito apreensivos com a sua repentina paixão na Itália, mesmo considerando que o ambiente, o céu, os cheiros, as belezas inspiradoras, a emoção de viver naquela cidade velha de tantos séculos, desde aquela história mítica da loba, poderiam causar algum descontrole emocional. Rosa, que nunca lá estivera, vivia de suspirar diante de alguns cartões-postais enviados pelo nosso amigo padre e velhos folhetos de propaganda turística que tínhamos em casa ou recortes de notícias, crônicas, fotos, como nesta última carta. Eu, que nunca sonhara em sair do pampa e me aventurar por terras distantes, suspirava junto, mas sem revelar.

Chegamos a planejar uma visita surpresa ao padre Godofredo, mas agora, com a situação da mãe de Rosa e a promessa do amigo de estar entre nós até o final do ano, era mais um sonho adiado. Que talvez nunca se realizasse.

XXVII

Por falar em adiamentos, a doença de dona Maria vinha provocando constantes perturbações em nossa vida amorosa. Eu não procurava Rosa, que não me procurava, nossos jogos de amor, que costumavam começar com um toque no sexo do outro, aparentemente distraído e ocasional, não eram encetados ou, se começados, logo abandonados por falta de concentração. Qualquer ruído da casa nos incomodava, uma tosse seca de dona Maria, um talher batendo no outro em horário despropositado, na cozinha, ou uma luz que se acendia e refletia sua claridade por alguma janela nos alcançavam, trazendo a inquietação desconfortável que acabava com o projeto apenas iniciado. Passamos meses, perdi a conta, sem nos entrelaçarmos, sem mesmo nos abraçarmos. Comecei a ficar nervoso com todos aqueles problemas e achei que nunca mais iríamos trocar carícias ou chegar ao clímax em nosso relacionamento.

Não sobrava também muito tempo para tais elucubrações, a não ser de madrugada, quando insone eu mergulhava em nosso dia-a-dia, tentando achar saídas para os impasses. De vez em quando eu espiava Rosa e via que ela também estava acordada, mas não sei no que pensava. Primeiro porque ela nunca dizia e jamais confessaria que o problema era o nosso, e mesmo porque ela fingia que dormia assim que percebia que eu a observava.

Mas naquele dia o café-da-manhã fora bastante desequilibrador. Eu levantara primeiro e, com o jornal na mão, já me inteirava da primeira notícia desagradável: Leônidas, um grande jogador de futebol do passado, jogara na Copa de 38 na França, inventara uma jogada chamada "bicicleta", não sabia mais quem era. Ou seja: atacado pelo Alzheimer, internado numa clínica geriátrica, precisava ser ajudado para fazer suas necessidades, tomar banho, e entrara no estágio de perder a identidade.

"Ele está feliz agora", tive a impressão de ouvir a voz do nosso médico ao meu lado. "Não tem mais consciência, não há mais problemas. O difícil foi chegar até aqui."

Achei aquilo simplista e mau, mas frio e objetivo. E fiquei me perguntando se eu ou dona Maria, ou qual dos dois, porque ainda não se conhecia o comportamento desta doença, seria alcançado primeiro pela doce inconsciência de ingressar no limbo dos esquecidos. E então as preocupações seriam exclusivamente dos outros. Egoísta mas verdadeiro. Destruidor e arrasador. Quando Rosa chegou para tomar o café, encontrou-me abstraído e julgou-me de mau humor. Não quis comentar com ela a notícia sobre o jogador que tivera o belíssimo apelido de "Diamante Negro" e agora se apagava, e nem fui capaz de dizer que dona Maria se sentara ao meu lado e me encarara sem dizer palavra.

Foi uma refeição tensa. Os três absortos, como se cada um vivesse seu mundo próprio. Nenhum comentário, só gestos, passe-me a manteiga, alcance-me o pão, meu jornal jogado ao canto da mesa, nada. Como autômatos levantamo-nos, Rosa levou a louça para a cozinha, fiquei enrolando e desenrolando o jornal para ganhar tempo e dona Maria ergueu-se, fria, distante, e retornou para o quarto.

Eu sabia, no entanto, puro pressentimento, que se armava uma borrasca. A tempestade iria desabar a qualquer momento, era possível sentir-se a eletricidade no ar. Não saberia antecipar de que lado viria o primeiro raio ou relâmpago, mas a coisa iria explodir.

Ajeitei-me melhor em minha cadeira, disposto a suportar qualquer tipo de pressão, e fiquei observando Rosa.

Tinha as cadeiras firmes e as pernas um pouco grossas para sua estatura, mas era atraente e, quando se vestia displicentemente, assim em casa, tornava-se ainda mais provocante, mesmo que não o pretendesse. Ela foi e voltou duas vezes, suspirou alto, o que aumentou a tensão do ambiente. A mãe estava sumida, o que facilitaria nosso diálogo, e portanto, era ali que a faísca faria explodir alguma coisa.

Ela parou à minha frente e disse, enquanto eu a fixava com os olhos incrédulos, arregalados:

— Você está me enganando. E tem mais: sei com quem!

A acusação inesperada, atirada assim em minha cara, teve o dom de me desestruturar e, se eu não era culpado, como de fato não o era, não convenceria ninguém, porque estremeci, fiquei ruborizado, balbuciei negativas, ensaiei explicações. Ela ficou me desafiando do alto dos seus poucos centímetros, crescida pela indignação.

Eu já não sabia o que argumentar e devo dizer, a bem da verdade, que fui salvo pela sra. Maria Margarida, que de repente irrompeu na sala e interferiu em altos brados em nossa iminente discussão, com uma frase absolutamente deslocada do contexto, que nos devolveu à realidade:

— E quando volta o padre Godofredo? — Já iniciávamos explicações, imaginando que havíamos comentado em voz excessivamente alta a carta, do contrário ela não saberia de nada, quando ela detonou o que restava de sua credibilidade: — Ele vem para casar comigo e não posso mais esperar!

Lembrei-me, constrangido, de uma velha parenta minha que se declarava sempre apaixonada pelo político da voga e que anunciava sua chegada "a qualquer momento", para "as bodas".

Quer dizer, pensei, que há muito tempo lidamos com estes casos de esquizofrenia e só agora nos damos conta?

Não havia mais como perder tempo e novamente eu e Rosa estivemos lado a lado, resolvendo aquela questão, deixando provisoriamente de lado quaisquer dúvidas pessoais. Sabíamos como agir e o fizemos logo, marcando nova consulta e levando dona Maria com as informações que tínhamos então.

E assim se escoaram aqueles meses à espera da chegada do padre, sem que algum outro fato de peso considerável mexesse com a nossa suposta ou desejada harmonia.

Rosa não tornou a externar sua desconfiança e eu me despreocupei, levando a vidinha de sempre.

O processo de decadência de minha sogra prosseguiu até o ponto para o qual o médico nos havia alertado: "Quando ela ultrapassar este umbral, não sentirá mais dor moral nenhuma. O paciente esquece quem foi, nada mais o aflige. É apenas um ser que ainda vive, tem suas necessidades, precisa, portanto, de atendimento constante. Pode ter altos e baixos, um dia lembrar-se de algum fato remoto, com perfeição, noutro olvidar tudo. E assim por diante."

Depois de conviver com aquele mal durante tanto tempo, estávamos afiados para perceber qualquer afloramento dele. Eu me cuidava, estudava desvairadamente, lendo o dicionário, preenchia as revistinhas de testes e palavras cruzadas, e qualquer dúvida, logo corria para resolver. Lembro que passei três dias angustiosos porque havia esquecido o nome de uma ópera e seu autor. Não sei em que volta da memória encontrei Pietro Mascagni e a *Cavalleria Rusticana.* Tinha na cabeça até trechos da música, nome de um personagem, mas nem autor nem nome da ópera me ocorriam. Tomei aquilo como um dos sintomas. Rosa agia da mesma maneira, neurótica e responsável, buscando entender o mistério da doença e ao mesmo tempo achando que sua relativa juventude não a isentava.

Em parte ela tinha razão, digo com as providências precoces e com a busca de uma prevenção. Mas acho que não era o caso dela. O meu, sim.

Sabíamos que com a chegada do padre Godofredo para sua visita de fim de ano, a primeira depois da ida para o Vaticano e de todo o caso que vivera, nossos males se diluiriam no fragor da alegria causada pela sua chegada.

Ele teria que dividir o tempo entre a família e os amigos, mas contávamos com uma boa parcela da sua atenção como certa. E foi o que ocorreu.

Ele chegou no primeiro dia do mês de dezembro, aproveitou para fugir do frio na Europa. Explicou que não há devoção que resista a dias e dias de neve e temperaturas abaixo de zero. Que o próprio papa iria para Castel Gandolfo e que os romanos desapareceriam em torno do dia 17 e só retornariam depois de 6 de janeiro.

Mais magro, mais forte, mais saudável na aparência, segundo Rosa "mais bonito" e mais bem falante, de vez em quando deixava escapar uma palavra em italiano e se deliciava em descrever os tesouros de arte que estavam a cada volta da esquina na "Cidade Eterna".

Narrou de forma resumida o episódio do romance com a italiana, mostrando que já não lhe dava mais grande importância, o que nos deixou gratificados. Se ele próprio fazia esta leitura, é porque estava ultrapassado.

Padre Godofredo concordou em proferir o sermão dominical na velha igreja onde outrora havia sido pároco e isto arrastou uma real multidão até lá. Muitos atentos ao que ele dizia, outros querendo enxergar algum defeito, descobrir se ele havia estudado mesmo em Roma, ou se havia se envolvido em alguma aventura. Chegaram a me perguntar sobre isso, mas eu me fiz de ignorante e não toquei no assunto.

Foi ele próprio que nos contou sobre o assédio que sofreu de algumas paroquianas. Não citou nomes, mas disse que fora uma boa prova a que estivera submetido e o fizera lembrar todo o episódio romano. Mas que, se isso queria dizer alguma tentação do diabo, também vencera esta rodada.

— Diabo? — voltei com toda a força. — Você ainda acredita em diabo?

Ele me olhou com profunda ternura e pena, mas não replicou. Deixou-me ficar, berrando "Diabo! Diabo!" e não se envolveu em discussão. Dona Maria Margarida, que estivera por ali, esquecida, entregue à maldição ou aos demônios da sua própria doença, pareceu voltar a vida e vi, nitidamente, que ela se persignou, aquele sinal complicado dos cristãos que começa na testa, passa pela boca e o peito e acaba com outro sinal-da-cruz. Seria um ato reflexo que a citação do demônio lhe trouxera, fingimento ou melhora?

Jamais saberíamos.

Mas todos ficamos inteirados, sim, do interesse do velho político que estava na prefeitura e que de uma hora para outra desabou em nossa casa, disposto a incorporar padre Godofredo à sua campanha.

A admiração dos paroquianos pelo nosso amigo era tamanha que bem valeria alguns votos seu recrutamento.

O que ninguém esperava, de fato, era a reação do padre, que se escondeu no quarto e se negou a aparecer enquanto o figurão da política lá estivesse. Inventamos mil desculpas, ele não quis se mostrar e afinal o prefeito e seus "cabos eleitorais" entenderam e deixaram nossa casa.

Aos poucos Godofredo se tornava uma celebridade local. Aquela coisa interiorana, havia um orgulho pelo fato de ele estudar em Roma, como se fosse um craque de futebol ou uma modelo internacional. Começaram a correr historinhas sobre sua cultura, diziam que ele falava correntemente latim e que sabia de cor as passagens mais importantes da Bíblia. Que seria capaz de afugentar os demônios com sua oratória e que ninguém se admirasse se ele no futuro, "virasse santo". Em sua modéstia e simplicidade, o padre se constrangia e nos dizia:

— Por favor, me protejam.

Achamos que a melhor forma de zelar pela sua privacidade era trazê-lo para morar em nossa casa. Foi o que fizemos. Em troca, ele achou que deveria nos ajudar a cuidar de dona Maria, e assim se desdobrava em atenções.

Esqueci, ou melhor, botei de lado minha mania de provocações para exigir o melhor do espírito do amigo, e convivemos durante o mês de férias a que ele tinha direito numa feliz comunhão familiar. Estávamos todos encantados uns com os outros. É lógico que o problema da minha sogra permanecia, mas o ambiente de confiança e camaradagem ajudava a enfrentar os danos causados pela doença. Eu mesmo achei que melhorava e que não era irremediável minha decadência rumo ao mesmo mal. Estimulado pela presença do padre, agora como um interlocutor que se aperfeiçoara consideravelmente, polido, culto e até engraçado, enfrentava-se qualquer assunto com incomparável alegria. Havia uma certa euforia no ar.

No entanto, os dias correram rápido e chegou a hora do adeus. Levamos outra vez o amigo ao aeroporto e na volta, de mãos e espírito vazios, suspiramos fundo. Tanto eu quanto Rosa sabíamos o que nos esperava. Era só questão de tempo. E não estávamos enganados.

XXVIII

Acho que foi a partir daquele dia que a catástrofe se acelerou e fomos nos tornando escravos da desgraça. O fato é que, em menos de quinze dias, já quase não nos falávamos, discutíamos por coisas mínimas e levantávamos questões torpes para infernizar um a vida do outro.

Certo dia cheguei a pensar em dormir num hotel e nunca mais voltar para casa. Eu estivera no centro da cidade, jogando sinuca com alguns amigos no clube, discuti política e futebol, tomei café e ri das últimas anedotas. Na hora de tomar o rumo de casa, pensei duas vezes. Mas voltei. Cumpri meu compromisso, como continuei a fazê-lo religiosamente.

Minha querida Rosa Pigafé se tornara uma pessoa irritadiça, sempre pronta a reagir com agressividade. Os bons tempos se tinham esvaído. Será que voltariam? Eu não tinha paciência para esperar a mudança. Mas registrava as constantes oscilações de humor dela, agora bem mais para baixo, sempre. Dificilmente ela sustentava uma relação agradável durante um dia inteiro. E eu comecei a acolher minha parcela daquela culpa que crescia.

Dizem, acho que desde que os lusitanos desceram das montanhas sob o comando de Viriato para lutar contra os romanos, que "uma desgraça nunca vem só". Foi assim que, debitando a viagem de volta do padre para a Itália, o agravamento do estado de dona Maria e minhas próprias fraquejadas, só restava produzir-se algum outro acontecimento para coroar a certeza do velho dito popular. Não foi preciso esperar muito.

O forte das minhas rendas, aquilo que mantinha de pé meu orçamento, cobrindo todos os desejos de Rosa, os poucos luxos e sem dúvida os altos custos de ter uma doente em casa, provinha do arrendamento do meu campo que ficava próximo a Santa Vitória do Palmar, bem no sul do estado. Muitas foram as noites em que desfrutei o frio que avançava sozinho pela campanha, às vezes com o vento minuano zunindo nas orelhas, me aconchegando em meia dúzia de pelegos, enfrentando o mesmo desconforto de nossos antepassados há duzentos e tantos anos. Meu pai sempre lembrava que à beira do rio da Prata ainda era mais frio, que as noites eram igualmente estreladas e que o Cruzeiro do Sul ali estava, "um pouco mais perto talvez", zelando pela gauchada perdida nos pampas. Quando arrendei aquele campo, sabia que contrariava o espírito do meu pai, mas dele tirar o sustento era mais do que uma simples homenagem: era também um preito que eu rendia à sua prudência. Ele poderia me sustentar anos e anos na face da Terra. O que eu não esperava era a grande crise do começo do novo século. A economia dos três países limítrofes, Argentina, Uruguai e Brasil, caiu pelas mesmas razões e cada uma com as proporções relativas ao seu tamanho e à leviandade dos seus políticos e administradores. Em pouco tempo estávamos todos a correr atrás da moeda-padrão da região, o dólar americano, para conquistar alguma estabilidade que nos permitisse manter o mesmo nível de vida. Ninguém o conseguiu. Todos tiveram que abrir mão de alguma coisa do seu patrimônio, do seu estilo de vida ou de suas economias, quando as tinham.

Meu arrendatário veio me procurar para reduzir o valor do aluguel do campo ou a extensão da sua ocupação. Depois de muito estudar a proposta, achei que o melhor seria proceder aos dois cortes. Ele me pagaria menos e eu alugaria menos. Assim, disporia de uma boa invernada para alugar para terceiros, algum frigorífico ou coisa que o valha, ou, num aperto maior, vender um pedaço de terra. Assim, isolei o trecho mais próximo da cidade e deixei o resto alugado a ele, reduzindo o valor mensal.

Isto significou também um aperto em nossas finanças. Rosa, heroicamente, decidiu que enfrentaria sozinha a administração da casa e dispensou os empregados. Não tínhamos agora nem jardineiro, nem cozinheira, nem copeira, nem motorista. Um pequeno exército, como se vê. As tarefas foram divididas. Fiquei sendo o jardineiro, embora sem nenhuma vocação para o ramo, e o motorista, função esta que desempenhava com prazer.

Rosa lavava, cozinhava, tirava e botava a mesa, fazia as compras, e ainda atendia sua mãe. O único luxo ou, digamos, necessidade imperiosa atendida foi a enfermeira, pois era impossível lidar com dona Maria Margarida, se não houvesse a participação de um profissional do ramo.

Costumavam dizer antigamente também que casa em que falta o pão... começa a desunião. Rima bem, deve ser português quinhentista pelo menos, pensei eu, mas senti na prática sem rima pobre nem rica que era uma verdade. Começamos a ter rusgas por nada.

Logo percebi onde iríamos parar e comecei a tomar providências. Aos poucos tornei-me mais tolerante, o que nunca havia sido na vida, e procurava quebrar com carinho a resistência férrea de Rosa a qualquer aproximação. Foi necessária uma verdadeira operação de reconquista. Passei a comprar-lhe flores, de vez em quando um perfume, tudo de custo baixo, enquadrado na minha nova realidade orçamentária, com realismo e no entanto bem delineados propósitos sentimentais.

O namoro até que ia bem. Rosa sentiu-se revalorizada e reagiu maravilhosamente, procurando entremear seus momentos de angústia com uma bela retomada de sua sensualidade e sexualidade. Vi-me compelido a praticar o relacionamento físico com bem mais freqüência do que minha condição física e espiritual condicionava, mas, entusiasmado, embarquei naquela canoa amorosa com satisfação.

O que eu não sabia é que criaturas como nós, docemente impelidas pelas correntes, podiam a qualquer momento ser sacudidas pelas vagas de algum acontecimento. E, pequenos como todos, não tínhamos o dom de prever o que estava por vir.

Era amanhecer e pronto, a qualquer momento poderia se produzir um choque, uma fratura, um embate, algo desestruturador ou desafiador.

Foi exatamente o que se deu. Era como se eu estivesse agourando uma desgraça ou uma dificuldade. Ocorria assim, de uma hora para outra, quando tudo parecia fluir com naturalidade, e então, dava-se o estouro. E daquela vez também. Se a gente parasse para ver de que lado se daria desta vez o embate, não encontraria nenhum flanco garantido, ao mesmo tempo que nos parecia já ter vivido ocorrências demais e de todos os costados. E agora? Seria comigo? Com a própria Rosa ou de novo com a mãe dela ou com os vizinhos? Já havíamos reduzido nossa economia para enfrentar a recessão geral e a nossa dificuldade particular, que, por sinal, era conseqüência da minha própria incúria e irresponsabilidade.

Naquele dia ergui-me com uma espécie de opressão no peito, que me conduzia a um estado de instabilidade. Algo me dizia que teríamos pela frente um acontecimento negativo. Depois do café-da-manhã, do jornal, do bate-papo habitual, fiz uma ronda telefônica entre amigos e contatos profissionais, para antecipar-me a qualquer má notícia. Mas não veio nenhuma informação preocupante. O mundo? Bem, digamos que continuava a dar suas voltas com as injustiças de sempre, com as guerras, guerrinhas e guerrilhas e não me cabia, diretamente, nada. Eu não partiria, como tantos o fizeram romanticamente ou não, no passado, para ajudar distantes povos envolvidos em desgraças. Bastavam meus problemas particulares. Mas algo havia no ar.

Quando nos reunimos para o almoço, eu, Rosa e sua mãe, permanecia a sensação de que um bólido iria daqui a pouco arrebentar-se em meio ao nosso pátio. Ninguém falava, o que aumentava a tensão. Só se escutava o ruído dos pratos e talheres, uma que outra observação tipo "passa-me o arroz" ou "me alcança a água". O retrato de uma família normal que se odiava cordialmente e convivia por obrigações recíprocas assumidas em meio ao seu contrato social. Era preciso que cada um aturasse o outro, para todos suportarem aquela decisão por enquanto conveniente de viver em conjunto.

Levantamos, servi-me de um cafezinho e fui trotar um pouco, tomando sol e refletindo sobre a inutilidade de certos sacrifícios ou a impropriedade de uma dedicação pessoal, particular e permanente. Construí alguns castelos em minha cabeça e me preparei assim mesmo para o pior que ainda estava por vir. Com a pressão no peito, eu me acostumara. Tanto que a esquecera. Já ia quase no meio da tarde e não chegara nenhuma notícia bombástica, não se produzira nenhum acontecimento lamentável. Nem havia estourado a nova guerra mundial, as Torres Gêmeas já haviam sido derrubadas fazia tempo, nem o prefeito da cidade fugira com o dinheiro da prefeitura, tampouco o sr. Evaldo com a mulher do vizinho. Nosso padre estava em Roma e, se viesse a se apaixonar por outra italiana, não seria mais novidade nem motivo de preocupação. Dona Maria Margarida seguia flutuando em outro mundo, provavelmente esquecida de quem era ou de quem fora. Feliz. Ou pelo menos imune a qualquer sentimento de pena, tristeza, alegria ou seja lá o que fosse.

Nisso chegaram flores para Rosa, eu mesmo atendi o mensageiro no portão. Era um belíssimo buquê e eu logo quis saber de quem vinham. Não havia identificação, nem cartão, nem carta, nem nome algum. Entreguei-as à destinatária, e fiquei de lado, aguardando um comentário, uma explicação. Rosa se mostrou inicialmente surpresa, passou a desconfiada, indecisa, perguntou-me se fora eu que as remetera, expliquei que não, e que estava igualmente curioso com aquele meu possível rival...

Foi uma coisa absolutamente inesperada. Não que não fosse costume local mandar flores para senhoras, agradecendo algum benefício ou ajuda, mas tais manifestações forçosamente teriam que chegar acompanhadas de um polido cartão identificador. Aquelas flores, belíssimas por sinal, vieram assim, desprotegidas. Rosa colocou-as num vaso sobre a mesa central da sala e foi tratar de outros assuntos, como se tivesse grandes compromissos diferentes.

XXIX

Quanto a mim, passei a centrar minhas atenções nos procedimentos de Rosa. Se ela tomava o telefone, acercava-me fingidamente, procurando em verdade descobrir com quem ela falava e qual era o teor da conversa; se ela se dirigia à janela ou ao pátio, eu seguia atrás, desconfiado. E assim foi pelas horas seguintes, até irmos deitar, quando não me contive e lhe pedi diretamente explicações.

Ela estava se acomodando na cama, de costas para mim, com uma revista nas mãos e vagarosamente foi se voltando e me encarando, e disse:

— Não vais me dizer, agora, que estás desconfiado de mim? — Gaguejei qualquer coisa, tipo não é bem assim, quero apenas saber e ela continuou: — Tenho quarenta anos ou pouco mais, já não preciso mais me preocupar em obedecer a meu pai, minha mãe está velha e doente, já lhe dei todas as provas de fidelidade, o que quer a esta hora da noite? Tenho culpa de que alguém tenha me remetido estas porcarias que aliás vou jogar fora amanhã de manhã?

Murmurei um pedido de desculpas, mas era tardio. A tempestade estava chegando. Rosa ergueu-se, pegou suas coisas e disse que iria para a sala. Ainda na porta do quarto, voltou-se para me dizer que considerava "lamentável um procedimento tão triste" e bateu a porta atrás de si. Por um instante senti-me desarvorado e completamente arrependido do que praticara, mas logo raciocinei, achando que ela estava agindo em "legítima defesa", o que não a isentava de culpa. Lembrei-me dos primeiros momentos de nosso relacionamento, logo que a abriguei por ordem do pai, quando temi pela minha segurança psicológica ao perceber que me apaixonava por ela e que tinha medo de perdê-la por causa das diferenças de idade, classe, geração até.

Depois, enfileirei todas as demonstrações de seriedade que ela havia me dado, seu comportamento aparentemente inatacável, a possível suspeita de que ela se apaixonara pelo padre, depois a revelação de uma bela amizade que foi estendida a mim, um trio que se sedimentara e de que hoje eu não abriria mão, daquele incidente inesperado do vizinho esfaqueado pelo filho que entrou nossa casa adentro, os problemas com sua mãe, os primeiros sintomas de que a mulher estava sendo afetada pelo mal de Alzheimer, nossa ida conjunta ao médico, a procura do especialista, os conselhos, os procedimentos que adotamos, toda aquela vida em comum, fora e acima de compromissos pessoais ou de uma aproximação amorosa. Valeria a pena, por uma suspeita infantil, quebrar toda esta corrente, jogar fora este retrospecto?

Pensei em minhas próprias debilidades, achei-me um réptil desprezível ou, quando muito, um asno, e comecei a analisar-me mais profundamente. A primeira coisa que concluí, aliás uma certeza que trago desde quando me obriguei a reler o *Dom Quixote*, é de que a gente nunca deve chamar aos outros de "asno ou burro". Pode implicar uma ofensa ao nobre animal... Como falo de mim mesmo, considerei ainda mais procedente a minha reflexão. Pois não é que eu, aos cinqüenta e tantos anos de idade, ultrapassada metade da minha vida estimada sobre a terra, começava a botar tudo a perder com atitudes infantis? É verdade, vi com meus próprios olhos as tais flores e mesmo acompanhei o carinho com que ela as ordenou, retirou os galhos mais ásperos, colocou-as num belo vaso de cristal e alimentou-as com água limpa. Também vi o olhar terno que ela lhes lançou antes do café-da-manhã do dia seguinte. Não comentei mais nada e fiz força para que não se precipitassem as coisas e assim se evitasse um rompimento. Mas quem teria lhe enviado as flores?

Procurei esquecer o incidente e nos dias seguintes, aos poucos, as coisas foram retornando à normalidade. Tínhamos mais do que nos ocupar e não seria um engano de alguém, talvez um endereço errado ou uma provocação para criar ciúmes, que iria destruir todo este tempo de relacionamento correto e sem pecados. Voltamos a nos ocupar com dona Maria, tínhamos que levá-la ao médico para uma reavaliação.

E foi assim que chegou a quarta-feira e, lá pela metade da tarde, toca a campainha do portão, Rosa vai ver o que é e volta carregando um buquê de flores. O ramalhete era ainda mais lindo do que o da semana que passara, este era de flores-do-campo ajeitadas em meio a pequenos verdes. Ainda mais delicado e, sem dúvida, bonito.

Eu estava em casa, durante alguns segundos engoli em seco e segurei a respiração. Rosa não me olhou, apenas cumpriu como se fosse uma tarefa habitual a função de dispor as flores no mesmo vaso anterior, depois de respingar-lhes água limpa.

Baixei o jornal que lia, demonstrando assim que prestava muita atenção ao que ela fazia, e fiquei esperando uma explicação.

Rosa passou por mim, fez alguma coisa no quarto, voltou, caminhou até à cozinha, passou pelo quarto da mãe, retornou à sala, mexeu na cortina e saiu para o pátio.

Levantei-me, disposto a urrar de raiva e extravasar meu despeito.

Tratava-se de um abuso ou de uma provocação. Outra vez não havia cartão identificador, o papel tinha o timbre da mesma casa de flores, na certa era alguém que transformara aquela homenagem a Rosa num ritual com jeito de ser semanal e que pretendia derrubar algumas barreiras, seduzi-la, sei lá. O ofendido era eu e a mim cabia a reação. Da primeira vez fora mal visto, Rosa descartara qualquer culpa, me obrigara a enxergar o passado e examinar se ela tinha alguma mancha em seu comportamento. Fiquei bestificado nesta segunda vez, mas disposto a explodir.

Quando ela retornou do pátio, correndo da chuva que começara a cair, entrando na sala e batendo a porta com estrondo, preparei meu protesto e não esperei por nenhum sinal de defesa. Olhei-a, confesso, com desprezo, eu estava convicto de que estava sendo vítima de uma traição. Ela me devolveu a encarada com um olhar tão puro que cheguei a hesitar. Mas dessa vez estava disposto a levar até o fim.

— Venha cá, isso não pode ficar assim! — foi minha primeira e possivelmente desastrada frase.

— A que te referes? — perguntou-me. — Achas que tenho culpa por alguém enviar flores para cá? Não vês que é um engano?

— Mas, que engano, se o teu nome e o teu endereço constam do papel da floricultura?

Rosa deu meia-volta e saiu batendo com os pés, assunto encerrado.

Temi por um instante, por tudo. Pela continuidade da nossa relação, temi que fosse verdade o interesse de outra pessoa por ela, de estar sendo vítima de uma traição por parte dela, por meu futuro, pela minha debilidade física, minha saúde, pela permanência do que havíamos construído. Se ela não quisesse dialogar e se considerasse ofendida, se não houvesse como recuar, como transigir ou pelo menos conversar, todo aquele curioso acordo, arquitetado pelo acaso e solidificado ao longo dos anos, estaria no chão.

Mas não havia mais diálogo, pelo menos naquele momento.

Durante um bom tempo, de olhos baixos, aguardei que ela voltasse, que reconhecesse que tínhamos que resolver a questão das tais flores misteriosas, ela poderia estar sendo alvo de alguma manifestação espontânea, quem poderia proibir a existência de um admirador? Tais pensamentos me serviam de consolo, mas não a traziam de volta. Fui ficando por ali, esperando que o dia, escoando-se, trouxesse um relaxamento da tensão. E a volta da minha amada.

Quando hoje me lembro daqueles dias, da semana inteira que se seguiu, da chegada de novo buquê, o terceiro, e finalmente da atitude que ela tomou, penso que, por inação, acabei agindo certo.

XXX

Na terceira semana consecutiva em que chegaram as tais flores, ela pegou nosso carro e saiu velozmente, pouco atrás do motociclista entregador, levando o ramalhete junto, para restituí-lo à floricultura. Nunca me narrou o que fez, mais adiante fiquei sabendo que ela entrara como uma fúria, loja adentro, e disparou todo o repertório que tinha de palavrões. Naturalmente os funcionários nem sequer sabiam, ou pelo menos nada revelaram sobre o autor do que ela chamou de "brincadeira de mau gosto", mas proibiu que lhe remetessem dali para a frente. Voltou para casa, eu vi, com os olhos vermelhos, irritada, não quis falar sobre o assunto.

Quando passei pela loja e resolvi entrar para tirar minhas dúvidas, mostraram-me o cheque do autor da última remessa. Estava lá a assinatura, para mim também inconfundível: "Rosa Pigafé".

Até hoje não sei o que pensar, mas acho que um psicólogo ou um psiquiatra me explicaria. Eu nunca quis levar adiante o assunto, questionar Rosa — para quê? —, investigar a questão até o fim. Fora uma fraqueza, e pronto! Lembrei-me de que aquela carência afetiva de Rosa tinha uma explicação no meu comportamento. Há quanto tempo não a abraçava, não lhe dava meu carinho? Um beijo ocasional e pronto, era a maior demonstração de afeto. Natural que uma moça, relativamente a mim ainda tão jovem, quisesse chamar a atenção. A forma que escolhera poderia parecer curiosa, mas não deixava de ser engenhosa. Arriscada, sem dúvida, pois colocou nossa relação em perigo durante semanas e, se a minha posição fosse mais radical, teria sido uma derrocada.

Convenhamos, eu me achava suficientemente forte, mas ao mesmo tempo ameaçadoramente fraco. Tinha pontos somados, méritos conquistados, mas fisicamente envelhecido, decaído e adoentado, empobrecido, deixara de ser o machão atraente de outros tempos. Minha irritabilidade crescia cada vez mais, eu não tinha consciência plena disso, mas fui alertado pelo médico. Ele próprio percebeu na consulta que fiz, quando buscava descobrir afanosamente sinais de que também eu me encaminhava para ser um paciente do mal de Alzheimer. Quando descrevi meus esquecimentos, meus "brancos" de memória, ele apenas anotou, mas não me pareceu que lhes houvesse dado o mesmo grau de importância que eu. Já o grau de irascibilidade, este ele próprio identificou e sublinhou.

Em todo caso, fui mandado para casa com medicação específica, recomendação de voltar para exame em três meses, controle permanente sobre qualquer evidência de alteração de comportamento. O médico ouviu atentamente minha narrativa sobre Rosa e pediu que a enviasse para uma avaliação psicológica com um colega. Claro que não tentei convencer minha companheira. Não havia como dizer-lhe que se suspeitava de uma debilidade qualquer que a poderia classificar como mentalmente enferma. Esta era a terminologia médica e não havia como escapar.

Rosa Pigafé, no entanto, honrando seu tipo e sua ascendência, teimosamente se recusava. Além do mais, éramos eu e sua mãe que necessitávamos com muito mais urgência de cuidados médicos. E isto ficava bem claro no dia-a-dia. Nunca mais se falou sobre os buquês, e, aliás, evitou-se dali em diante, cuidadosamente, falar em flores em nossa casa. Passou a ser um item proibido, algo como a proverbial "corda em casa de enforcado".

Que estávamos os três enfermos, era indiscutível. Difícil era cada um reconhecer suas deficiências. Mesmo dona Maria, em seus melhores momentos de lucidez, apostrofava os "políticos corruptos" e condenava os nossos enganos com veemência. Pelas costas, cada um criticava o outro. E a pequena família, constituída àquela altura pela mãe, filha e o genro, ou marido, mulher e sogra, de acordo com o ângulo, naufragava na crise da saúde e das relações internas.

A alegria fora expurgada da mesa. Queixas, recriminações, resmungos substituíam os outrora alegres comentários sobre a vida e os amigos, sobre os acontecimentos próximos ou distantes. Nem mesmo o padre Godofredo, antiga fonte de alegria, era lembrado. Uma carta sua que chegou de Roma foi lida em particular por mim e pela Rosa, e não me recordo de haver trocado impressões com ela.

Botei um disco para tocar durante uma refeição e Rosa me pediu, com os olhos, para desligar o som. No entanto, não atendi. Aquilo me deixava particularmente irritado. Então eu não podia escutar música? Qual a razão?

Fiquei olhando Rosa desincumbir-se da sua missão e a paciência que tinha com dona Maria e fiquei a imaginar se ela teria a mesma atenção para comigo. Pois àquela altura estava convencido de que padecíamos da mesma doença, embora em fases distintas. Quem ganharia a corrida? Pela idade, minha sogra, mas dependendo das minhas condições, rapidamente poderia estar liquidado. Comecei a prestar atenção às notícias sobre este ou aquele personagem famoso, atacado pelo mesmo problema. Atores, políticos, jogadores de futebol, ninguém estava imune.

Com acesso ao material informativo de orientação aos familiares dos pacientes, que havíamos obtido por causa de dona Maria, ficou mais fácil para mim, naqueles primórdios, acompanhar a evolução do que ocorria comigo. Pelo menos assim eu interpretava.

O que eu não sabia era o que me aconteceria quando fosse perdendo a consciência e esquecendo quem era eu, o que fora, o que fizera na vida. Intensifiquei estas anotações, sempre que me considerava em razoável estado anímico, para que o registro fosse para as mãos de Rosa, para que ela, sobrevivendo a essas duas tragédias familiares, uma já instaurada e outra a se desenhar, se preparasse para enfrentar suas próprias angústias. E também para deixar-lhe meu testemunho de admiração e respeito e, acima de qualquer coisa, entendimento e compreensão. Não posso avaliar o resultado porque não estarei aqui quando ela se dispuser à leitura da minha história. Meu anacolutismo, contudo, me impulsionava a agir e retroceder, deixando a marca que me fora imposta no batismo. Uma forma sempre inesperada de ordenar os fatos.

Imagino o dia em que Rosa, tão linda e jovem como sempre, com pequenas linhas a demarcar-lhe a idade, mas não a enfeiá-la, sentar-se-á diante da lareira ou debaixo da amendoeira do nosso jardim e lerá estas páginas que lhe deixarei legadas. Ela ensaiará um sorriso — que hoje eu consideraria improvável — ao ver que lhe fiz justiça e não quis discutir suas atitudes. Que não considerei erro e sepultei imediatamente a, no mínimo curiosa, história dos buquês de flores.

— Alzheimer não se produz por contágio — esclareceu-me o médico. — Tire da cabeça qualquer idéia deste tipo. — E me aconselhou a ser mais cordato, atencioso e tolerante com minha sogra. Na verdade, devo dizer que isto não me agradava. Preferia encontrar um culpado, se eu viesse a ter efetivamente esta doença. E, pensando bem, já a tinha... Não adiantava nada ficar mascarando e procurando desmanchar possíveis efeitos. No começo eu anotava o que me ocorria, os possíveis sintomas, a freqüência com que esquecia nomes de pessoas, depois me perdi em meio às preocupações. Cheguei a registrar alguns instantes em que iniciei uma frase e me perdi em meio à tentativa de expor o pensamento.

Quanto a Rosa, tomou como cavalo de batalha minha mania de não querer tomar banho ou trocar de roupa. Forçado pela sua pressão, banhava-me, mas não queria vestir-me com outras calças, a não ser a que vinha usando havia dias ou semanas... Lembro-me bem disso, mas depois não ligava mais. Rosa ainda discutia comigo e eu anotava tudo isto para deixar registrado.

XXXI

Hoje, faz tanto tempo que não freqüento mais diariamente este caderno, perdi o hábito. Na certa continuo discutindo com ela. Não, ela não tem mais a beleza de outros tempos, quando meu coração disparava quando a via. Ou são meus olhos que estão manchados pelo sofrimento, incapacitados por esta ou qualquer outra doença.

Enganava-me com freqüência, errava nomes, mentia para cobrir uma lacuna de memória e confundia histórias. Andei meia dúzia de noites atrás do nome de um antigo conhecido e até hoje seria um mistério se uma carta não tivesse por acaso surgido bem na frente do meu nariz.

Não valia mais a pena, achava eu, e perdi, aos poucos, a vontade de me manter ativo, informado. E limpo. Para grande desagrado de Rosa, comecei a espaçar meus banhos. Depois, por comodidade, propositadamente vestia as mesmas cuecas e cheguei a usar a mesma calça durante dois meses seguidos. No princípio Rosa me policiou, reclamou, insistiu, exigiu limpeza. Aos poucos foi se desinteressando, percebi que ela me "largava de mão". Não escutei nada, nenhuma queixa a terceiros, mas ela se exasperava, eu não me dava por achado, e ela prosseguia tentando levar a vida agora com dois doentes dentro de casa, era o que dizia.

No dia em que tirei as calças e me virei em cima da cama com as pernas para o alto, gritando que *Dom Quixote* também o fizera, Rosa saiu esbaforida e voltou meia hora depois com o médico debaixo do braço. Ainda me lembro disso, porque disse a ele que era uma brincadeira e perguntei-lhe se não havia lido Cervantes. No começo eu ainda conseguia levar assim, meio com alegria, meio com seriedade, nosso relacionamento. Havia uma faixa de tolerância. Mas não parecia muito larga. Rosa foi se deixando abater e eu fui ficando cada vez mais neurótico e despótico. Sou obrigado a reconhecer hoje, quando decidi deixar este depoimento e torná-lo o mais sincero possível, que o grande culpado fui eu. Escreverei enquanto der, mas sinto que não irei muito longe. Além do mais, lembro-me de tudo o que me aconteceu ao longo da vida, mas a semana passada começa a ficar perdida em meio ao nevoeiro da minha falta de atenção, doença ou miséria humana. Não me lembro mais do que fiz de errado, mas Rosa ficou indignada comigo. Se é por uma história de batalha naval ou brinquedinhos, convenhamos, foi asneira e da grossa. Não havia razão para que ela ficasse tão indignada. Tropecei uma, duas, três vezes. Irritei-me. Depois, tínhamos ido junto ao médico, ela disse que fora por causa da mãe dela, mas tinha sido por mim. Ele nos disse tudo. Orientou com paciência. Muita. Uma vez, em 1900 e alguns quebrados, minha mãe, meu pai, eu e meus irmãos fomos visitar um tio. Era uma noite de verão e caminhamos pelas ruas, as casas não eram distantes umas das outras. Meus pais jogaram vísporas, as pedras iam sendo cantadas, retiradas de um saquinho, e eu e meu irmão, debaixo da mesa, olhávamos as pernas das primas mais velhas. Aquilo era muito divertido e lembro que meu pai sorria muito porque ganhava todas. Depois, quando caminhávamos para casa, ele sacudia as moedas no bolso do casaco, que retiniam. Ele mexia com minha mãe, que caminhava alegremente a seu lado.

Contei toda esta história para Rosa. Ela me ouviu pacientemente. Depois me perguntou se havia chegado carta do padre Godofredo e eu não soube. Poderia ter chegado. Ou não. Sentei-me à mesa e tentei contar, pacientemente, a Rosa a viagem que meu pai fizera ao interior e que deixara minha mãe louca de ciúmes. Ela não quis ouvir minha narrativa. Insistiu para que eu fosse tomar banho.

Quando vi aquela senhora chegar à mesa e sentar-se conosco, Rosa queria que eu falasse com ela dizendo que a conhecia muito bem.

— É minha mãe! — berrou-me. Pedi que falasse mais baixo, afinal eu não conhecia nenhuma mãe, não tinha obrigação de saber quem era aquela senhora que se chegava assim e tomava parte em nossa intimidade.

— Quer saber de uma coisa? Vou para o quarto continuar minhas anotações. Um dia este relato vira um diário ou este diário vira uma história. Estou escrevendo para não esquecer nada. Mas sei que estou começando a viagem derradeira.

Quando me vesti, na verdade não encontrei as peças de roupa que pretendia. Por isso não achei correto que Rosa me criticasse, dizendo que eu vestira uma calça azul e um paletó verde, que isto "não combinava" e que eu deveria ter pegado as partes normais da roupa. E que eu tinha misturado dois ternos.

Só por isso concordei em ir ao médico, ela insistia tanto dizendo que eu estava fazendo confusão, que resolvi colaborar e pronto.

Agora estou sentado aqui no quarto escrevendo isto e espero que ela leia calmamente, para entender o que eu pretendia dizer. Não gosto de ser contrariado e começo a ficar irritado. Não tem cabimento eu ter vivido todos estes anos e me aparecer uma garotinha, que podia ser minha filha, para me lançar ao rosto que tipo de roupa devo vestir. Além do mais, esta mulher estranha metida aqui dentro de casa só atrapalha. Quem é ela, afinal? Já disse que quero de volta minha companheira e não esta louca que agora se pôs diante de mim a gritar. Terei que suportar tudo isto? Vou botar aqui um ponto final. Estou muito cansado e não vale mais a pena revoltar-me, bater pé, discutir com as pessoas. Principalmente com esta gente que nem sei quem é. Meu pai, quando me batizou, já me botou um nome estranho, não lembro. Mas ele não precisava ter feito aquilo. Sei que era... Bem, deixa isso para lá. Estou ficando irritado outra vez, sei que vão reclamar de mim. Ainda bem que chegaram estas pessoas suaves, de fala mansa, de roupa branca. Antes que eles me peguem para conversar, vou botar aqui o ponto final. Aliás, meus olhos doem, é uma boa razão para parar de escrever. Chega, até onde iremos?

Há pouco uma estrela correu pelo céu. Sei sim, espiei pela janela. Mas, se não era noite, por que haveria uma estrela? Não, é noite sim. Eu é que preciso encerrar minha carta. Daqui a pouco não enxergo mais nada.

Chamaram. Alguém falou. Deve ser o almoço. Não ouvi meu nome, mas que importa, imagino que seja comigo, estão me acenando.

Acho que estão me dando adeus. Estão indo embora. Ficarei sozinho, o que sempre será melhor. Não adianta estar com estes desconhecidos que não sabem sequer quem eu sou e esta víbora que fica querendo me dar o bote. Ela se aproxima de mim e faz de conta que quer me ajudar. Mas eu sei, o doutor me avisou, não devo confiar em ninguém porque vão acabar me envenenando. Fica muito fácil e, além do mais, aquela bruxa velha parece que se uniu com a bruxa nova. As duas querem me infernizar.

Recordo muito bem, ninguém precisa me contar, eu mesmo vi meu tio quebrar a pedradas aquelas garrafas. Ele as enfileirou, éramos pequenos, ele pediu minha ajuda e depois foi arrebentando uma a uma. Ficamos de joelhos, castigo da minha avó, os dois, contra a parede, em cima dos milhos. Não, ninguém me contou, nem inventei. Vi tudo aquilo e não poderia esquecer.

Por que estou falando isso aqui? Não sei. O relógio deu onze horas, quase me perdi contando as batidas. Mas o velho relógio do meu avô não estava parado?

PAPEL
CHAMOIS-FINE
alcalino

Este livro foi composto na tipologia Raleight, em corpo 11/15, e impresso em papel Chamois Fine Dunas 80g/m² no Sistema Cameron da Divisão Gráfica da Distribuidora Record.